愿全世界的花都好好地开

（精装纪念版）

丁立梅 著

作家出版社

图书在版编目（CIP）数据

愿全世界的花都好好地开：精装纪念版 / 丁立梅 著.
-- 北京：作家出版社，2019. 10
ISBN 978-7-5212-0416-2

Ⅰ. ①愿… Ⅱ. ①丁… Ⅲ. ①散文集– 中国 – 当代
Ⅳ. ①I267

中国版本图书馆CIP数据核字（2019）第 042530 号

愿全世界的花都好好地开：精装纪念版

作　　者：丁立梅
责任编辑：省登宇
装帧设计：张亚群
出版发行：作家出版社有限公司
社　　址：北京农展馆南里 10 号　　邮　　编：100125
电话传真：86–10–65067186（发行中心及邮购部）
　　　　　86–10–65004079（总编室）
E–mail:zuojia@zuojia.net.cn
http://www.zuojiachubanshe.com
印　　刷：北京中科印刷有限公司
成品尺寸：142 × 210
字　　数：180 千
印　　张：10.5
版　　次：2019 年 10 月第 1 版
印　　次：2019 年 10 月第 1 次印刷
ISBN　978-7-5212-0416-2
定　　价：48.00 元（精）

目录

序 / 001

第一辑　幽幽七里香

这世界哪怕再叫人失望，也有一种叫美好的东西，在暗地里生长。

幽幽七里香 / 003

笔缘 / 006

我想养一座山 / 009

沙城的春天 / 013

看春 / 016

槐花深一寸 / 019

绿 / 021

口红 / 025

格桑花开的那一天 / 028

萝卜花 / 034

相遇香格里拉 / 037

谦谦君子 / 040

第二辑　初心

世间坚守一段生命容易，坚守一段初心，却难。

补碗匠 / 049

她不是一棵树 / 052

尘世里的初相见 / 055

做了一回小贼 / 058

初心 / 065

那些年，指甲花开 / 069

步摇 / 072

五点的黄昏，一只叫八公的狗 / 075

淡香暖风 / 081

小鸟每天唱的歌都不一样 / 084

孩子和秋风 / 089

寂寞的马戏 / 092

你再捉一只蜻蜓给我，好吗 / 095

第三辑　住在自己的美好里

世上所谓美好的事物，大抵都如此，只安静地住在自己的美好里，这才保存了它们的本性。

看花 / 105

春在枝头已十分 / 108

住在自己的美好里 / 111

云水禅心 / 114

放风筝 / 117

家常的同里 / 120

有鸟在，春天会回来的 / 123

女人和花 / 126

看云 / 130

邂逅红叶谷 / 132

在菊边 / 135

阳光的味道 / 139

一日崇明 / 142

第四辑　追风的女儿

月下一支清冷的百合，在乐曲声中，徐徐地开了花。

一树一树梨花开 / 149

相见欢 / 152

在博鳌 / 155

追风的女儿 / 159

谁碰疼了她的忧伤 / 162

认取辛夷花 / 166

月下我的影子，像头年轻的小鹿 / 169

我们曾在青春的路上相逢 / 172

自是花中第一流 / 175

满山坡的野玫瑰 / 178

穿过我的黑发你的手 / 181

第五辑　爱如山路十八弯

山路十八弯，通向的，原来是一个叫爱的地方。

爱与哀愁 / 193

幸福的石榴 / 196

爱，是等不得的 / 199

吊在井桶里的苹果 / 202

老了说爱你 / 205

过量的爱 / 208

布列瑟农的忧伤 / 211

和父亲合影 / 214

爱，踩着云朵来 / 217

《诗经》里的那些情事 / 220

爱未央 / 227

咫尺天涯，木偶不说话 / 231

爱如山路十八弯 / 237

等你 80 年 / 240

第六辑　时间无垠，万物在其中

时间无垠，万物在其中，原各有各的来处和去处，各有各的存活的本领和技能。

任性的水仙 / 245

在心上，铺一片沃土 / 248

且吟春踪 / 251

谷雨 / 254

漫游桂子山 / 257

艾草香 / 260

素心如简 / 263

小满 / 266

挂在墙上的蒲扇 / 269

华丽缘 / 272

只要听着，就好了 / 275

老画室 / 278

时间无垠，万物在其中 / 281

第七辑　人间岁月，各自喜悦

喧闹远去，唯留宁静。我以为，这样的宁静，更接近生命的本质。

打春 / 287

箸菜花 / 290

红绸伞 / 293

午时安昌 / 297

姚二烧饼 / 300

心态和情绪 / 303

要相爱，请在当下 / 307

仲秋小令 / 310

种爱 / 313

从前 / 316

冬天的树 / 321

人间岁月，各自喜悦 / 324

序

我给这本书命名时，引起一些小争论：

你为什么要取这个名呢？是因为你很喜欢花吗？

你不觉得这个名字太直白、不吸引人吗？

有搞市场营销的朋友直截了当跟我断言：没有卖点。

可是，我还是万分执拗地认定了，就是它。

我曾经非常不喜欢一个人，这个人算是我的邻居。

那时新婚。家里那人的单位给分房，我跟着那人住。大院子里，一排青砖红瓦房，唇齿相依地紧挨着，我们住其中一间。

这个人住我们家隔壁。有女儿比我小不了几岁，大学快毕业了。女儿骨架大，脸庞子也大，算不得好看，像他。

从前他是当兵的，据说都做到正团级了。日常行事待人，就很有点跋扈。又喜喝酒，一喝醉了就骂人。三天两头的，听到他在隔壁叫骂，大嗓门撞击着薄薄的墙体，震得墙上的石灰粉，都要掉下来。

为人也小气、抠门。大院子里一孩子过生日，大伙儿凑钱去买礼物，给那孩子庆生。找来找去，却找不到他。隔一天，他回来，说是回老家了。

单位分西瓜，他第一个冲上去，在一堆瓜里面左挑右拣，几乎把每一只瓜都拿手上掂量过了，拣了两只最大的。

因工作需要，他时常出差。每每出差归来，他都要骂爹骂娘一阵子，牢骚满腹，抱怨着外面伙食的欠缺、住宿条件的简陋、工作的繁琐。

他的女儿病了，百日咳嗽。咳得山也震动水也震动的。

他们家尝试了很多治疗方法，不见好。

后来，他不知从哪里得一民间偏方，用枇杷叶煎水喝。

我们那儿没有枇杷树。

他去乡下找，装了满满一麻袋扛回来。

夏日午后，蝉在树上都困了，一院子的静悄悄。他独坐在一圈树荫下，面前一盆清水，一堆枇杷叶。他拿刷子仔细刷着每一片枇杷叶，把上面的绒毛和尘粒刷净。树的浓荫，在他身上晃动，水波一样晃动。他的身上，发出粼粼的光。

我是从那一刻起，对他生了好感。这世上，人没有绝对的好坏，再强硬的外表下，也有他柔软的一面。就像在沙砾中、残垣上、岩缝里，也有花开明艳。

每个人的心中都有一朵花。

我只愿，全世界的花都好好地开。

第一辑
幽幽七里香

这世界哪怕再叫人失望，也有一种叫美好的东西，在暗地里生长。

幽幽七里香

这世界哪怕再叫人失望，也有一种叫美好的东西，在暗地里生长。

三层小楼，粉墙黛瓦，阅览室设在二层。靠楼梯的一面墙上，满满当当的，摆的全是书。朝南的窗户外面，植着七里香。人坐在室内看书，总有花香飘进来，深深浅浅，缠绵不绝。

这是当年我念大学时，学校的阅览室。对于像我那样痴迷读书，而又无钱买书的穷学生来说，这间免费开放的阅览室，无疑是上帝恩赐的一座宝藏。在那里，我如饥似渴，阅读了大量的中外文学书籍。也是在那里，我初次接触到《诗经》，立马被那些好听的"歌谣"迷上。野外总是天高地阔的，我一会儿化身为那只在河之洲的雎鸠，一会儿又变身为采葛的女子，岁月绵远，天地皆好。

其实那时，我心卑微。我来自贫困的乡下，无家世可炫耀，又不貌美，穿衣简朴，囊中时常羞涩。在一群光华灼灼的城里同学跟前，我觉得自己真是又渺小又丑陋。

读书却使我的内心，慢慢儿的，变得丰盈。那真是一段妙不可言的光阴，每日黄昏，一下了课，我匆匆跑回宿舍，胡乱塞点食物当晚饭，就直奔阅览室而去。看管阅览室的管理员，是个三十多岁的年轻人，个高，肤黑，表情严肃。他一见我跑去，就把我看的《诗经》取出来，交我手上，把我的借书卡拿去，插到书架上。这一连串的动作，跟上了发条似的，机械连贯，滴水不漏。我起初还对他说声谢谢的，但看他反应冷淡，后来，我连"谢谢"两字也免了，只管捧了书去读。

读着读着，我贪心了，我想把它据为己有。无钱购买，我就采取了最笨的也是最原始的办法——抄写。一本《诗经》连同它的解析，我一字不落地抄着，常常抄着抄着，就忘了时间。年轻的管理员站我身边许久，我也没发觉，直到他不耐烦地伸出两指，在桌上轻叩，"该走了，要关门了。"语调冷冷的。我始才吃一惊，抬头，阅览室的人已走光，夜已深。

我不好意思地笑笑，归还了书。窗外七里香的花香，蛇样游走，带着露水的清凉。我心情愉悦，摸黑蹦跳着下楼，才走两级楼梯，身后突然传来管理员的声音："慢点走，楼梯口黑。"依旧是冷冷的语调，我却听出了温度。我站在黑地里，独自微笑很久。

那些日子，我就那样浸透在《诗经》里，忘了忧伤，忘了惆怅，忘了自卑，我蓬勃如水边的荇菜、野地里的卷耳和蔓草。也没想过自己到底为什么要迷恋，也没想过自己日后会走上写作的路，只是单纯地迷恋着、挚爱着，无关其他。

很快，我要毕业了。突然收到一份礼物，是一本《诗集传楚辞章句》，岳麓书社出版的，定价七块六毛。厚厚的一本。扉页上写着：赠给丁小姐，一个爱读书的好姑娘。下面没有落款。

我不知道是谁寄的。我猜过是阅览室那个年轻的管理员。我再去借书，探询似的看他，他却无甚异常，仍是一副冰冰冷的样子，表情严肃。我又怀疑过经常坐我旁边读书的男生和女生，或许是他，或许是她。他们却埋首在书里面，无波，亦无浪。窗外的七里香，兀自幽幽的，吐着芬芳。

我最终没有相问。这份特殊的礼物，被我带回了故乡。后来，又随我进城，摆到了我的办公桌上。我结婚后，数次搬家，东迁西走，丢了很多东西，但它却一直都在。每当我的眼光抚过它时，我知道，这世界哪怕再叫人失望，也有一种叫美好的东西，在暗地里生长。

笔　缘

做这个，得耐得住性子，还要耐得住寂寞。

我是被他店里的古朴吸引住的。

店门口，青花蓝布之上，悬一支特大号的毛笔。笔杆是用青花瓷做的。谁舍得用这笔来写字啊，得收着藏着才是。

这是边陲古镇。一街的鼎沸之中，它仿佛一座小岛，安静得不像话。

我也才从那大红大绿的热闹中走过来。看见这店，身旁的大红大绿全都走远了，喧闹声响也都走远了，人自觉静了。

怎么能不静？看他，静静的一个人，像支悬在墙上的狼毫。白衬衫，褐色皮围裙，戴一顶卡其帆布帽，安坐于店堂口，手握镊子，膝上摊一堆说不上是什么动物的毛，一根一根地拣。他每拣一根，都要对着光亮处仔细看一下，分辨出毛的成色、锋颖、粗细、直顺等等。复低头，再拣。这样的动作，他不厌其烦地做，一做十五年。

店堂狭窄，只容一人过。两边墙壁上，悬着字画。笔架上，各色各样的毛笔，或插着，或悬着，或躺着。有长有短，有粗有细，总有成百上千支吧。这些，全都出自他的手。一根毛一根毛地挑出来，然后，浸泡于水中，用牛角梳慢慢梳理，去绒、齐材子、垫胎、分头、做披毛，再结扎成毫。他说，做成一支毛笔，要一百二十道工序，每一道，都马虎不得。

从前他不是做笔的。他父亲是。他父亲的父亲也是。算是祖传了。父亲做笔，名声很大，方圆几百里，都叫得响。有个顶有名的书法家，专程跑上几百里，来买他父亲做的笔，一买几十年。书法家说，不是他父亲做的笔，那字，就不成字了，总也写不出那种味道来。

父亲临终前，难咽气，说断了祖宗手艺。他当时在一家机械厂任职，还是个副厂长呢，多少人羡慕着啊。可是，为了让父亲能闭上眼睛上路，他选择了辞职，拿起镊子和牛角梳。

这一做，就放不下了。说是热爱，莫若说是习惯了吧。每天早上醒来，他总要摸摸镊子和牛角梳，再把室内所有的笔，都数望一遍，才安心。这种感情，不能笼统地说成执着或是热爱。它是什么呢？就好比你饿了要吃饭，你渴了要喝水，你打个喷嚏会流眼泪，就这样自然而然的。哎呀，说不清啦，最后他这么说。

他辗转过不少地方，带着他的手艺。我这卖的不是笔，卖的是懂得，他强调。现在，能静下心来写字画画的人少，懂得欣赏这种手工艺的行家，更少了。他来到这边陲小镇，一年四季观光客不少，也总能碰上一两个懂笔的知己。所以，他住了下来。有个安徽的书法家，问他订制了十万块钱一支的羊毫。那得在上万只羊身上，挑出顶级中的顶级的毛，没有任何杂质，长短色泽粗细都一样。他为做这支羊毫，花费了大半年时间。

遇到懂它的人，值！他笑了。房租却越来越贵，原来的店铺有两大间呢，宽敞明亮的，好着呢。现在只剩下这么一小间了，他说。

他有两个孩子，一儿一女，都念初中了。孩子却对做笔没兴趣，有时放学回来，他让他们帮着拣拣毛，他们却弄得乱七八糟的。坐不住哇。做这个，得耐得住性子，还要耐得住寂寞。

他姓章，叫章京平。江西人。他在他做的每支笔上，都刻上了他的名字。

我不懂笔。但我还是问他买了两支，八十块钱一支。笔杆上，镶了一圈青花瓷，很典雅。我带回来，插在书房的笔筒中。外面的桂花或是梅花，开得正好的时候，我会掐一两枝回家，和这两支毛笔插在一起。

我想养一座山

有时候，你以为你已走到山穷水尽了，其实不然，奇迹就等在下一秒。

去南京参加一个会，有幸入住山中。山的名头很响，叫紫金山，又名钟山。它三峰相连，绵延三十余公里，形似巨龙腾飞，因而自古就有"钟山龙蟠，石城虎踞"之称。

会议结束得早，我有大把时间，可以把山看个究竟。为此，我特地跑去宾馆前台买一双布鞋，换掉脚上的高跟鞋。

我向着紫金山的纵深处去，也无目的地，也不担心迷路。我只管跟着一枚绿走。跟着一朵花走。跟着一只虫子走。跟着大山的气息走，那种清新、幽静又迷人的。

春末夏初，满山的绿，深深浅浅，搭配合宜。你仿佛看到，哪里有只手，正擎着一支巨大的狼毫，蘸着颜料在画，一笔下去，是浅绿加翠绿。再一笔下去，是葱绿加豆绿。间或再来一笔青绿和碧绿。人走进山里去，立即被众绿们淹没。哎呀——你一声惊叫尚未出口，你的心，已被绿沦陷。

这个时候，你愿意俯身就俯身，愿意张嘴就张嘴，愿意深嗅就深嗅。眼里嘴里鼻子里，无一处不是青嫩甜蜜的。浊气尽去，身体轻盈，自我感觉就倍儿奇异起来，觉得自己变成了一朵花、一棵草、一只小粉蝶、一枚背面好似敷着珍珠粉的绿叶子。

倒伏的已枯朽的树木，居然也披上了绿衣裳。我看到它的枝头有新芽爆出，亦有小草们在它身上，兀自茂密成片。我想起曾在某个古镇看到的一奇观，一棵遭雷劈火烧的银杏树，经年之后，在它枯死之处，竟又长出一棵蓊郁的银杏来。

生命的奇迹处处皆有。有时候，你以为你已走到山穷水尽了，其实不然，奇迹就等在下一秒。

我弯腰跟一些小野花打招呼。半坡上，它们在杂草丛中蹦蹦跳跳，浅白的一朵朵，像萝卜花，又形似七里香。真是惭愧，我叫不出它们的名。那也没关系的，我就叫它们山花吧。

有虫子劈面撞我一下，跑到我的眼睛里。是山风调皮了，还是虫子自个儿调皮了？我轻轻拂去那只小虫子，我不生气。这是它们的家和乐园，我才是个入侵者。

鸟的叫声，跟细碎的阳光似的，在树叶间跳跃，晶亮得很。小溪边，迎春花还残留着些许的黄，青枝绿叶之上，那些黄，像闪烁的眼睛。更像心，不肯轻易撤离这春天。

一座木桥，很轻巧地搭在小溪上。桥的这边是流水，桥的那边也是流水。水边迎春花们手臂相缠。一只黑色镶紫边的蝴蝶，翩然飞来，它停歇在木桥的栏杆上，不走了。它伏在栏杆上，认真地嗅和吮吸。

我看着它，"扑哧"笑了。想这蝴蝶真是傻，这硬邦邦的木头，有什么好吮吸的！

可我看着看着，就有了冲动，我想学它的样子，把脸也凑到栏杆上去闻一闻，深深的。山里的哪根木头上，不浸染着花草的香气，还有水的清冽甜美？蝴蝶才不傻呢，它知道哪里的味道最地道最纯真。

早蛙的叫声，在一丛青青的菖蒲下面。也就那么断续的一两声，像试嗓子似的。满山的绿，因这活泼的一两声，轻轻地抖了抖。天空倾下半个身子来倾听。没有谁知道，天空已偷偷用这大山的绿，洗了一把脸，望上去，又洁净又碧青。

一老人从山上下来，健步如飞。想来他常年在这山上走着，脚上的功夫了得。他走过我身边，笑笑地看我一眼，矍铄的眼神，跟蚕豆花似的。而后，远走，身影很快没到一堆绿后头，清风拂波一般。

日头还早，我倚着山，坐下来，幸福地发呆。突然的，我想养一座山，一座小小的山。有树木环绕。有溪水奔流。花草满山随意溜达，它们喜欢哪儿，就在哪儿扎根。还有数不清的虫子，自由出没，互相串门儿玩。有蝴蝶翩翩然。当然，不能离了鸟叫和蛙鸣。

我们每个人的心中，都可以养上这样一座山的吧，适时地避开车马喧闹世事纷争，还自己些许清宁明澈。

沙城的春天

沙城的春天，来得慢。江南的花早已沸沸开过，这里的树木，大多数还睡眼惺忪纹丝不动着。

我从南方，一路花红柳绿旖旎着过来，突然一脚踩到沙城的土地上，有好大一会儿，我是不大回得过神来的。

沙城，塞北的一座小镇，隶属怀来县。初见它，我的脑子里蹦出这样两句诗来：江南有桂枝，塞北无萱草。关山万里，风沙漫漫，人类的足迹，好多的，早被掩埋得深深。沙城人只知道，他们的前身，是个叫雷家堡的小村子，不过二三十户人家，过着清贫俭朴与世无争的日子。明正统十四年，明英宗御驾亲征瓦剌，兵败退至这里，被瓦剌军追上，明军全军覆没，血染沙场，史称"土木堡之战"。这之后，明政府为巩固边防，开始在这里修建城堡，起名沙堡子。后陆续建成东堡、中堡、西堡，改称沙城堡。

风大。我就没见识过春天也会刮这么大的风，吹得我脖子上的围巾都快系不住了。接待我的沙城四中的陈校长说，今天的风还小很多了呢，昨天傍晚那风刮的，人走在外面，两腿交叉打战。他说着说着，就憨笑起来。对这风，他们日日相见，早已融入生命中，包容里，竟有了宠溺的意思。

问他，这沙城，可是用沙子做成的城堡？他听了，"嘀嘀"笑起来，答，它还真离不开沙子的。盆地入口，周围皆山，风灌进来，沙子也就跟着进来了。

那你们岂不是一年四季都吃着风沙？

啊，反正是离不开沙子的。

我听着吃惊，可他的脸上，却波平浪静着。隐隐的笑意里，似有沙子粒粒，质朴得很旷古。

沙城的春天，来得慢。江南的花早已沸沸开过，这里的树木，大多数还睡眼惺忪纹丝不动着。我去街上寻春，小广场上有老年人在舞剑，红衣红裤，活力四射。有年轻妈妈推着童车，一边缓慢散步，一边教童车里的小孩子唱儿歌："小燕子，穿花衣，年年春天来这里。"我听着笑了，抬头，天空中有鸟飞过，黑色的剪影，像一枚黑花朵。

问陈校长，你们这里的春天，都长些什么？

这个憨厚的塞北男人，笑笑地看着我，坦然说，不长什么。旋即他又补充道，春天我们这里还真没啥。到夏天就好了，夏天我们有葡萄，成万亩的葡萄园。我们地处盆地，气候独特，所产的牛奶、龙眼葡萄赫赫有名。我们已有八百多年种植葡萄的历史了。我们的葡萄酒更是出名，好喝，是国家定点的高档葡萄酒生产基地。你们喝到的高档葡萄酒，十有八九，都是我们这儿生产的。

哦，我不住点头。我看到一个盎然的春天，在他脸上荡漾。

后来，我到四中讲座，见识了比春天还春天的老师和孩子。一张张葵花般的笑脸，朝着我，饱满着。我讲座完了，孩子们蜂拥上来跟我拥抱，他们说，老师，我们喜欢您，喜欢您的讲座，谢谢您！老师，您辛苦了！

我要走了，在办公楼的大厅里，正跟几个老师话别，两个小男生突然跑到我跟前，说，老师，您等等我们好吗，我们有礼物要送给您。说完，他们急急地转身就跑，一会儿之后，他们气喘吁吁站定我跟前，两张红扑扑的小脸蛋上，渗着细密的小汗珠。他们看着我，不好意思地笑，从校服口袋里，各掏出一盒鲜奶，塞我手上。

我们住在学校里，也没什么好东西送您，这个，您喝。

您一定要喝呀。他们晶亮的眼睛，盯着我，生怕我不答应。在得到我肯定会喝的许诺后，他们开心地笑了，冲我一鞠躬，谢谢老师！然后，像小燕子似的，飞走了。

这是他们第二天的早餐奶，是他们能拿得出的最珍贵的东西，他们把它送给了我。我紧紧握着那两盒鲜奶，我把沙城最好的春天，握在手里了。

看 春

这世上，很多时候，苦乐自知，好好活着，才是本质。

城里的春天，多半是零碎的，小打小闹着的，不过是人家窗台的一盆花，城边河畔的几棵柳。乡下的春天却全然不一样，乡下的春天，是极讲排场的，仿佛听到哪里"哗"一下，成桶成桶的颜料，就花花绿绿泼下来，染得满田满坡皆是。这时的乡村，成油画，是最有看头的。

于是去乡下看春天。

我们去的地方，是一个叫新曹的小镇，它有五万亩的油菜地。车子在修得平坦宽敞的乡间道上，一路奔去，奔向那油菜花深深处。以为就到尽头了，哪知车子一拐，竟又撞上一片油菜花地，又铺开一片黄色汪洋，绵绵不绝。同行中一人问，美吧？我笑笑，不语。不堪说，不堪说，只一任眼睛，掉进那汪洋里。古有女子对镜贴花黄，我想这花黄，该是油菜花的颜色才对，眉心一点艳，有惊心之感。

跟一些植物相认，不是初相识，是久别重逢。牛耳朵、刺艾、乳丁草、三叶草……这一些，我多么熟悉！乡下是草们的天堂，草们是羊的天堂。小时养羊，天天提了篮子去挑羊草。却贪玩，在草地里捉蚱蜢，或扣了篮子玩老鹰捉小鸡的游戏。等到日落西山了，才想起篮子还是空的呢，野地里，随便找几根草秆，把篮子架空，然后割一把青草，摊上面，看上去，就是满满一篮子翠绿了。回家，故意在大人面前晃一下，让他们看着，是满篮子的青草呢。却趁他们不注意，人已溜到羊圈边，把那把青草扔进去。大人问起，草呢？响亮地回，羊吃了。真是可怜了那些小羊，半夜里饿得直叫唤。

不知现在的孩子，玩不玩我们小时玩的游戏了。不知现在的羊，还会不会半夜饿得直叫唤。我看到草地上，有一群羊，正悠闲地吃着草。同去的女孩惊喜地叫，羊哦。同去的老先生神态安详，说，羊有什么看头？我听着，莞尔。

蚕豆花开了，星星点点，伴在油菜花旁，像撒下无数的小眼睛。白萝卜的花，是粉紫的，小蜜蜂们围着它嗡嗡，我好不容易等到一只停在花蕊上，给它拍了一张照。一种叫婆婆纳的草，开粉蓝的花，花细小得像米粉。我拉近镜头，拍下那粒粉蓝。再看显示屏上，分明是一朵美得让人心疼的花呵，像乖巧的小女儿。这野地里，到底还藏了多少美？无论卑微与否，它们都认真地绿着，开着花，不辜负春光。我想，这才是活的真姿态吧。

看到一丛荠菜花，细碎的翡翠色，像水仙花的颜色，清秀，温柔。我悄悄拍下它，让同行的人认，可知这是什么花？结果大家都没认出来。我有些为荠菜叫屈，它一季的美丽，到底为谁？或许，它谁都不为，它的美丽，只属于它自己。

路边看见养蜂人，正在路边忙碌。头上裹着头巾，脸上刻着岁月沧桑。这些养蜂人，据说是从闽浙那一带来，他们天南地北地追着花跑，此处花息了，又将迁徙到他方，去寻找花开。一旦成为养蜂人，四处漂泊，将贯穿他们一生。他们幸福吗？我看过商场货架上，摆放的蜂蜜，一瓶一瓶，盛满甜蜜芳香，想那里面该有多少花的魂蜂的魄，还有养蜂人的颠沛流离？这世上，很多时候，苦乐自知，好好活着，才是本质。我唯愿这个春天，他们是快乐的。

槐花深一寸

那一刻，时间停顿，风不吹，云不走，仿佛什么都想了，什么又都没有想。

槐花开的时候，我抽了空去看看。人生的旅途说长也长，说短也短，我们能相遇到的花期也有限，我不想错过每一场花开。

槐花也属乡野之花。它比桃花、梨花更与人亲，那是因为它心怀甜蜜。花开时节，空气中密布它的香甜，让你不容忽视。于是乡下孩子的乐事里，就有这么一件，爬上树去摘槐花。那也是极盛大的场景，树上开着槐花，地上掉着槐花，孩子们的脖子上、肩上落着槐花，口袋里，还塞着一串串白。随便摘取一朵，放嘴里品咂，甜哪，糖一样的甜。巧妇会做槐花饼、槐花糖，吃得人打嘴不丢。家里养的羊，那些日子也有了口福。

我来赏的这树槐花，在小城的河边。小城新辟了沿河观光带，这棵槐，被当作一景从他处移植过来。

傍晚时分，光的影，渐渐散去。黑暗是渐渐加深的，及至一树的白，也没在黑里头，天便完全黑下来了。这时候，赏花变得纯粹，周遭的黑暗做了底子，槐花的白，跳跃出来，是黑布上绣白花。

仰头望向那树白，心莫名被一种情绪填得满满的。说不清那情绪到底是什么。那一刻，时间停顿，风不吹，云不走，仿佛什么都想了，什么又都没有想。这是人生的态度，我更愿意把它理解为本能，是由不得你的。

微笑着，想起那首出名的山西民歌《我望槐花几时开》。歌里唱道：高高山上一树槐／手把栏杆望郎来／娘问女儿你望啥子／我望槐花几时开……盼郎来的女儿家，心焦焦却偏不承认，把相思推给无辜的槐花，哎呀呀，槐花槐花，你咋还没有开？这里的槐花，浸染上人间情思，惹人爱怜。

风吹，有花落下来。我捡起一朵攥手心里，清凉的感觉，在掌中弥漫。白居易写槐花："薄暮宅门前，槐花深一寸。"我以为这是花落景象。古人尚不知花可吃，或者，知可吃而不吃，是为惜花。他们任由槐花自开自落，一径落下去，在地上铺了足有一寸深的白。真是奢侈了那一方土地，埋了那么多香甜的魂。

绿

没有一种颜色，比绿更广阔更浩荡。

喜欢绿。

没有一种颜色，比绿更广阔更浩荡。

春天，花还没来，绿先远行。人们不远千里追去看草原，其实，是去看绿的。牛羊点缀在绿上。湖泊镶嵌在绿上。蒙古包像白花朵一样的，盛开在绿上。一望无际的绿。波涛翻滚的绿。让一颗奔波的心，只想欢唱，只想纵情一回。

废弃的百年院落，墙上爬满绿。地上的砖缝里渗着绿。屋顶上，绣着绿。——那真的像是绣上去的，绒绒的，在黑的瓦片上。

一只猫，跳上院墙，碰翻了一墙的绿。它在墙头上回眸，眼睛里，汪着两潭绿水。看着，竟让人忘了时间，忘了惆怅。

这世上，最是万古不朽的，是绿。

有绿环绕，生的趣味，才源源不断。

是在秦岭，大山腹部，遇见一条绿的溪流。

真真是绿透了呀，像把满山的绿草绿树，都给揉碎了，榨出汁来，倒在里面。

我惊诧得顿住脚步。想捧上那样的一捧绿，在口袋里放好。不为什么，只想随时摸摸，这生命的质地。

也终于明白，亨利八世的爱情。他偶遇一个着绿衫的姑娘，立即为之神魂颠倒。宫廷华丽，美女如云，却难忘野外的绿袖子。小绿初开，在心里种出温柔来。怎能相忘！怎么相忘！于是，一曲《绿袖子》成了经典。

这是绿的魔力。

去西藏。好山好水地看过去，最难忘的，却是纳木错。

高原之上，它不时地变幻着魔术，逗自己玩。天空是蓝的，它就是蓝的。天空是靛青的，它就是靛青的。天空是灰的，它就是灰的。

那天我去，恰好撞见一个绿的湖，碧绿的。像条绿丝带，飘拂于山峦之中。

之前，我因高原反应剧烈，头疼欲裂，寸步难行。然等我看到它的刹那，我的所有不良反应，竟神奇般地消失。我跳下车去，奔向它。那飘向天际的绿丝带，跟山峦浑然一体，跟天空浑然一体，纯净安然。你只觉得灵魂被洗濯一遍，空灵，宁静，无所欲求。

湖旁堆着不少的玛尼堆。有的高得像座小山丘。藏人绕湖一圈，祈福，放下一粒石子。再绕湖一圈，祈福，放下一粒石子。如此循环，无有止境，才形成这样的玛尼堆。而绕湖一圈，需要几十天的时间。这小山丘一样的玛尼堆，该叠加着多少双虔诚的脚印！祈求我的牛羊啊。祈求我的亲人啊。祈求这混沌的尘世啊。祈求我的来生啊。他们信奉着心中的神，欢乐、哀伤、苦难、悲怆，一切的情绪，最终，都化为平静。平静得像一抹绿，湖水一般的绿。

生命本该呈现的，就是这样的平静啊。

在一个叫华阳的山区，看山民们制作神仙豆腐。

说是豆腐，其实与豆一点关系也没有，它完完全全是由绿绿的树叶制作而成。

树的学名叫双翅六道木，山民们却唤它神仙树。过去饥荒年代，人们拿它救命，捣碎，取汁充饥。谁知那汁液竟十分的可口黏稠，绵软似豆腐。人们怀着感恩的心，当它是神仙所赐，叫它神仙豆腐。代代相传，它成了独特的民间小吃。

一对老夫妇，做这个已五十多年，靠这个养大四个儿女。如今儿女们都出息了，但老人家还是每天一大清早，走很远的路，攀上山去，采回树叶，做神仙豆腐。他们说，做习惯了，一天不做，心里就空得慌。

我看到他们，把烫煮过的绿叶子，扣进木桶里，拿木杵一上一下地杵。绿绿的汁液，很快漫出来，被过滤到另一只桶里，均匀地摊到一块大石板上。石板迅速披上了一件绸缎般的"绿袍子"，那么绿，那么滑。待冷却后，揭下那件"绿袍子"，切成手指宽的绿条条，凉拌，吃在嘴里，又滑又软，清香透了。

那一口一口的绿啊！人间美味，叫人感激。

去江南。随便一座古镇，深巷里闲遛，也总要撞见做青团子的。

那是取了青绿的艾蒿，碾碎，和了糯米粉，揉搓而成。

看做青团子，也是极有意思的。眼见着那一团一团的绿，在一双手上盘啊盘啊，就盘成了青团子，乖乖地在蒸笼里躺着，浑身绿得晶莹透亮。像颗绿宝石。蒸笼上冒出的香气，竟也是绿绿的了。

我爱看那些捏着青团子的手，苍老的，或年轻的，无一不浸染着绿。深巷幽静，我的耳畔仿佛响着一支绿的情歌，咿咿呀呀，从千年的烟雨中，一唱三叹的，穿越而来。

这世界哪怕再叫人失望，
也有一种叫美好的东西，在暗地里生长。

这世上，很多时候，苦乐自知，好好活着，才是本质。

口　红

因为心上装着一款口红，整个人，竟不一样了。

女人想要一款口红，想好久了。

玫瑰红的。女人看见来她地摊前的女顾客唇上，抹着那种色彩的口红。女顾客的嘴唇看上去娇嫩欲滴，像两瓣玫瑰花。女人的眼光扫过去，就移不开了。

女人后来又在不同的女顾客唇上，看到了那种红，娇嫩的，鲜艳的。

女人也想这么鲜艳一回。

大半辈子过下来，女人一直生活在困苦、奔波和忙碌中。少时家贫，家里兄弟姐妹多，不用说口红，连吃穿都成问题。待到长大成人，嫁了人，男人与孩子，又成了女人的天，女人围着他们团团转，根本没有心思去妆扮。孩子稍大一些，女人和男人，双双下了岗，当务之急，是解决生存问题。口红？女人压根儿就没想过这回事。后来，男人去开出租，女人摆了地摊，卖些杂七杂八的小物件，补贴家用。

很快，女人的生日到了。男人问："想要什么？"

女人没好意思说要口红。女人怕吓着男人，摆地摊与抹口红是不搭界的。何况，她年纪已是一大把了。

女人却无法放下对那款口红的惦念。

生日那天，她终于鼓起勇气走进商场。在化妆品柜台前，她一眼就看到了那款口红。千真万确，就是它，玫瑰红的！它立在化妆品柜台的货架上，和其他口红一起，款款着，鲜艳娇嫩，等着嘴唇来与它相亲。

女人激动了，她在化妆品柜台前不停地打转，怕别人瞧见了笑话，她只能看一眼那款口红，再看一眼别的什么。卖化妆品的女孩，笑容甜甜地朝她走过来，涂得鲜红的两片小嘴唇，轻轻启开，"阿姨，您想买什么？"

女人慌了神，她伸手一指那款口红，结结巴巴说："我想……买……买这个。""是给我女儿买的。"女人撒了谎，她只有一个儿子，并无女儿。

卖化妆品的女孩善解人意地"哦"一声，取出那款口红递给女人，说："阿姨您真有眼光，这款口红是我们这儿卖得最好的了，您女儿抹上，一定会更美。"

女人讪讪笑，笑得脸红红的。

口红的价钱，远超出女人的想象，要一百多块呢。女人还是狠狠心，买下它。

女人揣着口红回到家，立马对着镜子，在唇上抹开了。镜子里她的双唇，多像两瓣盛开的玫瑰花啊。女人独自欣赏了会儿，拿纸巾，轻轻擦掉。

出门，女人继续去摆她的地摊，容光焕发的。和她相邻摆水果摊的妇人，盯着女人的脸看半天，说了句："你今天的气色真好。"

女人低头笑了。因为心上装着一款口红，整个人，竟不一样了。女人想，以后每天都这么抹两下子，美给自己看。

格桑花开的那一天

尘世里，我们需要的，有时不过是一个肩头的温暖。

在进入了无人烟的大草原深处之前，他的心，是空的。他曾无数次想过要逃离的尘世，此刻，被远远抛在身后。他留恋它吗？他不知道。

远处的雪山，白雪盈顶，像静卧着的一群羊，终年以一副姿势，静卧在那里。鸟飞不过。不倦的是风，呼啸着从山顶而来，再呼啸着而去。

他想起临行前，与妻子的那场恶吵。经济的困窘，让曾经小鸟依人的妻子，一日一日变成河东狮吼，他再感觉不到她的一丝温柔。这时刚好一个朋友到大草原深处搞建筑，问他愿不愿意一同去。他想也没想，就答应了。从此，关山路遥，抛却尘世无尽烦恼。

可是，心却堵得慌。同行的人说，到草原深处后，就真正与世隔绝了，想打电话，也没信号的。他望着银灰色的手机，一路上他一直把它揣在掌心里，揣得汗渍渍的。此刻，万言千语，突然涌上心头，他有强烈的倾诉的欲望。他把往昔的朋友在脑中筛了个遍，也找不到一个可以说话的。他亦不想把电话打给妻，想到妻的横眉怒目，他心里还有挥不去的阴影。后来，他拨了家乡的区号，随手按了几个数字键，便不期望着有谁来接听。

但电话却很顺利地接通了，是一个柔美的女声，唱歌般地问候他，你好。

他慌张得不知所措，半晌，才回一句，你好。

接下来，他也不知哪来的勇气，不管不顾对着电话自说自话，他说起一生的坎坷，他是家里长子，底下兄妹多，从小就不被父母疼爱。父母对他，极少好言好语过，唯一一次温暖，是十岁那年，他掉水里，差点淹死。那一夜，母亲把他搂在怀里睡。此后，再没有温存的记忆。十六岁，他离开家乡外出打工，省吃俭用供弟妹读书，弟妹都长大成人了，过得风风光光，却没一个念他的好。后来，他凭双手挣了一些钱，娶了妻，生了子，眼看日子向好的方向奔了，却在跟人合伙做生意中被骗，欠下几十万的债。现在，他万念俱灰了。他一生最向往的是大草原，现在，他来了，就不想回了，他要跟这里的雪山，消融在一起。

你在听吗？他说完，才发觉电话那端一直沉默着。

在呢。好听的女声，似春风，吹过他的心田。

她竟一点也没惊讶他的唐突与陌生，而是老朋友似的轻笑着说，听说大草原深处有一种很漂亮的花，叫格桑花的。

他沉重的话题里，突然的，有了花香在里头。他笑了，说，我也没见过呢，要等到明年春天才开的。

那好，明年春天，当格桑花开了的时候，你寄一束给我看看好吗？她居然提出这样的要求。

他的心，无端地暖和起来……

后来，在草原深处，无数的夜晚，当他躺在帐篷里睡不着的时候，他会想起她的笑来，那个陌生的、柔美的声音，成了他牵念的全部。他想起她要看的格桑花，他想，无论如何，他一定要好好活到明年春天，活到格桑花开的那一天，他答应过她，要给她寄格桑花。

这样的牵念，让他九死一生。一日，大雪封门，他患上了重感冒，躺在帐篷里奄奄一息。同行的人，都以为他撑不过去了。但隔日，他却坐了起来。别人都说是奇迹，只有他知道，支撑他的，是梦中的格桑花，是她。

还有一次，天晚，回归。在半路上与狼对峙。是两只狼，大概是一公一母，情侣般的。狼不过在十步之外，眼睛里幽幽的绿光，快把他淹没了。他握着拳头，想，完了。脑子中，一刹那滑过的是格桑花。他几乎要绝望了，但却强挺着，一动不动地看着狼。对峙半天，两只狼大概觉得不好玩了，居然头挨头肩并肩地转身而去。

他把这一切，都写在日记里，对着陌生的她倾诉。他不知道，在遥远的家乡，那个陌生的她，会不会偶尔想到他。这对他来说不重要了，重要的是，他答应过她，要给她寄格桑花的，他一定要做到。

好不容易，春天回到大草原。比家乡的春天要晚得多，在家乡，应该是姹紫嫣红都开遍了吧？他心里，还是有了欣喜，他看到草原上的格桑花开了，粉色的一小朵一小朵，开得极肆意极认真，整个草原因之醉了。他双眼里涌上泪来，突然地，很是思念家乡。

他采了一大把格桑花，从中挑出开得最好的几朵，装进信封里，给她寄去。随花捎去的，还有他的信。在信中，他说起在草原深处艰难的种种，而在种种艰难之中，他看到她，永远是一线光亮，如美丽的格桑花一样，在远处灿烂着，牵引着他。他说，我没有姐姐，能允许我冒昧地叫你一声姐姐好吗？姐姐，我当你是荒凉之中甘露的一滴！

她接信后，很快给他复信了。在信中，她说她很开心，上天赐她这么一个到过大草原的弟弟。她说格桑花很美，这个世界，很美的东西，还有很多很多，让人留恋。她说，事情也许并不像他想象的那么糟糕，如果在草原里待腻了，还是回家吧。

这之后，他们开始信来信往。她在他心中，成了圣洁的天使。一次，他从一个草原迁往另一个草原的途中，看到一幅奇异的景象：在林林总总的山峰中，独有一座山峰，从峰巅至峰底，都是白雪皑皑璀璨一片的，而它四周的山峰，则是灰脊光秃着。他立即想到她，对着那座山峰大喊着她的名字。没有一个人会听到他的喊叫，甚至一棵草一只鸟也不会听到。他为自己感动得泪流满面。

他把这些，告诉了她。忐忑地问，你不会笑我吧？我把你当作血缘之中的姐姐了。她感动，说，哪里会？只希望你一切好，你好，我们大家便都好。

这样的话，让他温暖，他向往着与她见面，渴盼着看到牵念中的人，到底是怎样的模样。她知道了，笑，说，想回，就回呗，尘世里，总有一处能容你的地方，何况，还有姐姐在呢！

他就真的回了。

当火车抵达家乡的小站时，他没想到的是，妻子领着儿子正守在站台上，一看到他，就泪眼婆娑地扑向他。一年多的离别，妻子最大的感慨是，一家人守在一起，才是最真切的。那一刻，他从未轻易掉的泪，掉落下来。他重新拥抱了幸福。

他知道，这一切，都是她安排的。他去见她，出乎意料的是，她竟是一个比他小好多岁的小女人。但这又有什么关系呢？在他心中，她是他永远的姐姐。他站定，按捺不住激动的心，问她，我可以拥抱一下你吗？

她点头。于是他上前，紧紧拥抱了她。所有的牵念，全部放下。他在她耳边轻声说，姐姐，谢谢你，从今后，我要自己走路了。回头，是妻子的笑靥儿子的笑靥。天高云淡。

尘世里，我们需要的，有时不过是一个肩头的温暖，在我们灰了心的时候，可以倚一倚，然后好有勇气，继续走路。

萝卜花

一根再普通不过的胡萝卜，眨眼之间，竟能开出一小朵一小朵的花来。

萝卜花是一个女人雕的，用料是胡萝卜。她把它雕成一朵一朵月季的模样，花盛开，很喜人。

女人在小城的一条小巷子里摆摊，卖小炒。女人卖的小炒只三样：土豆丝炒牛肉，土豆丝炒鸡肉，土豆丝炒猪肉。一个小气罐，一张简易的操作平台，木板做的，用来摆放锅碗盘碟，女人的小摊子就摆开了。

女人三十岁左右，个子不高，瘦瘦的，长相普通。却爱笑，什么时候见着她，都是一副笑意融融的模样，看得人心里生暖。惹眼的，还有她的衣着。整天沾着油锅的，应该很油腻才是，她却不。她的衣着极干净，外面罩着白罩衣，白得纤尘不染。衣领那儿，露出里面的一点红，是红毛衣，或红围巾的红。过一会儿，白罩衣有些脏了，她就换下来——她手边备着好几套。

让人惊奇且欢喜的是，女人每卖一份小炒，必在装给你的碗里，放上一朵她雕的萝卜花。这样才好看，女人笑着说。

不知是因为女人的干净，还是她的萝卜花，女人的摊前总围满人。五块钱一份小炒，大家都很有耐心地等着。女人不停地翻炒，装盘，放上一朵萝卜花。于是，一朵一朵的萝卜花，就开到了人家的饭桌上。

我也去买女人的小炒，去的次数多了，跟女人渐渐熟了。知道女人原先有个殷实的家，男人是搞建筑的。一次意外中，男人从尚未完工的高楼上摔下来。女人倾尽家里所有，才抢回男人的半条命。

接下来的日子怎么过？年幼的孩子，瘫痪的男人，女人得一肩扛一个。她考虑很久，决心摆摊卖小炒。有人替她担心，街上那么多家饭店和小排档，你卖小炒能卖得出去吗？女人想想，也是，总得弄点和别人不一样的东西。于是她想到了雕刻萝卜花。当她坐在桌旁，安静地雕着萝卜花时，她被自己手上的美好镇住了，一根再普通不过的胡萝卜，眨眼之间，竟能开出一小朵一小朵的花来。女人的心，充满了期待和向往。

女人的小炒摊子，很快成为小城的一道风景，一到饭时，大家不约而同相互招呼一声，去买一份萝卜花吧。也就都晃到女人的摊前来了。

一次，我开玩笑地问女人，攒很多钱了吧？女人低头笑，麻利地翻炒着一锅土豆丝炒牛肉，说，也没多少，够过日子吧。一小朵一小朵的萝卜花，很认真地开在她手边。

一些日子后，女人竟盘下一家小酒店。她把瘫痪的男人接到店里管账，她负责配菜。女人还是一如既往的，爱笑，衣着干净。在所有的菜肴里，她都爱放上一朵萝卜花。菜不但是吃的，也是用来看的呢，她笑着说。眼睛亮着。一旁的男人，气色也好，没有半点颓废的样子。

女人的酒店，慢慢地出了名。大家提起萝卜花，都知道。

相遇香格里拉

　　省略了握手，省略了寒暄，我们互相打量着，是萍水相逢的两个。仅仅这样。

　　从丽江往北，地势直往三千米以上爬升。我的头有些晕，额两边噻噻地跳得疼。导游洛桑说："不要紧，这是正常的高原反应，我们已进入香格里拉了。"

　　这就进入香格里拉了？我觉得不可思议。感觉中，它是神秘莫测的，如蒙着盖头等着掀开的新娘，一朝盖头揭开，满眼惊艳。它却平静得几乎什么表情也没有，像我们往常随意走着的一段路，就那样一条路而已。

　　没有激动，甚至连轻呼也不曾有。我以同样平静的表情，与香格里拉相遇。省略了握手，省略了寒暄，我们互相打量着，是萍水相逢的两个。仅仅这样。

　　沿途，是连绵不绝的山。天空很低，匍匐在山的上面。白的云朵，在山巅之上，不紧不慢散着步。山下有房，土黄色，如卧着的大黄狗，安静着。房上插旗，有一面旗的、两面旗的、三面旗的。一般人家插一面旗，表示信教。插三面旗的人家，地位最为尊贵，是家里出了活佛或有得道的高僧。那些旗，迎风猎猎，像夕阳下守望岁月的老人，神秘、安宁。这是很奇怪的一种感觉。

去虎跳峡。老远就听到水声咆哮，似万马奔腾。有木台阶下到峡底。曲里拐弯处，藏人小孩在摆摊，卖一些藏饰品，珠啊银的。看似不过六七岁的样子，递物数钱，却麻利得很。下到谷底，水流湍急，溅起的水花，白花朵般的，在礁石上硕大无朋地开着。有的来不及开花，干脆"唰"一下，冲过礁石去，作激流奔涌。大家忙着拍照留影，一边是自然千万年的欢唱，一边是人类匆匆的足迹。我想，能把匆匆的脚步，印入自然的千万年里，作一刻停留，也是人生一大幸事吧。

目光沿峡谷向上攀升，层峦叠嶂，有细若游丝的一道线，悬在半山腰。据说那是当年的茶马古道。康巴汉子就是沿着这条道，用马驮着茶叶和药材，去换取外面世界的布匹和盐。他们用脚，在岩石之上，踩出一条生命之路，蜿蜒于崇山峻岭中。千百年过去，那些康巴汉子，已沉睡在历史的长河里，却把一种精神留下了，和山川河流一起，成为永恒。

后来我们去草甸骑马。马是被驯服的，它们驮着游客，慢悠悠散着步，很逍遥。十块钱可以溜一圈。有藏族小孩跑过来，抱着小羊，要求我，"阿姨，和小羊拍张合影吧，十块钱，随你怎么拍。"我抚抚他们黑黑的小脸蛋，问："怎么汉语说得这么流利呀？"他们很骄傲，说："我们老师教的，我们老师是丽江的，我们在学校学汉语。"我和他们合了影，我给他们十块钱。他们欢天喜地，一个劲儿说："谢谢阿姨。"我却有些惆怅。我站在草甸边，望远处的山、远处的房，我很想知道，那里的平静，是否也被打破。

去藏民家。旅游车一直开到藏民家门口，早有藏人在门口迎着，端着酒杯，唱着歌，给游客们献哈达。上楼，在大厅里一排一排坐下。面前的长条桌上，摆着倒好的酥油茶，还有青稞面。游客可以边喝酥油茶，边学做奶酪。藏歌唱起来，藏舞跳起来，这是表演的热闹，是上了妆的，离原汁原味远了去。但大家还是兴致颇高，一屋的人，把地板踩得"咚咚咚"的，跟着藏民们齐声说，扎西德勒！声震屋宇。

谦谦君子

　　我们能做的，就是记着他的好，并尽量使自己变得美好起来。

一

　　他躺在床上，盖一床旧的棉布花被，花被上盛开着大红的牡丹。年代久了，牡丹的大红色，已显黯淡。这让我有些恻然，他是那么一个讲究格调的人，盖这样的被子，怕是有违他的意愿。再一想，他亦是个旧式的人，遵守着旧式礼法，有谦谦君子之风。那些消失掉的古朴寻常，也许正是他所坚守的。遂稍稍心安。

　　房间向阳。天气晴暖，都听得见春天在窗外走动的声音了。我在来时的路上，看到一两枝小黄花，挣脱人家的铁栅栏，探出半张脸来。是早开的迎春花。野鹦鹉也出来唱歌了，还有画眉和黄鹂鸟。

春天真的来了，他却看不到这个春天了。

师母说，他已六天粒米未进。昨夜哼哼了一夜，哼得人心里揪揪的。他这里，都烂了肿了。师母抚抚腹部，轻声告诉我。

肺癌。医生曾说，他至多只能再活三个年头，他却硬撑了五个年头。精神气好的时候，他坐在阳台上，翻从前的学生录，和毕业照。也翻一些学生的来信看，看得都能倒背如流了。教室里，一届一届的学生，哪些人坐哪个位置，他都记得。

他常念叨你，常指着报纸上你的文章跟我说，那个女孩好啊，吃得了苦，从乡下步行几十里路，到街上来上学。

他说你不大爱说话，说你用功，别人在玩耍，你一个人跑去学校门口的小河边，把书读。

他托人打听过你，还一直发着狠说，要去找你。

他把你发表在报纸上的文章，都给剪下来，收着了。

你看，这里都是呢，八十多岁的师母说到这儿，拉开床边五斗橱的一个抽屉，让我看。满满一抽屉，竟都是我文章的剪报。

师母又拉开另外一些抽屉给我看，这个放着一届一届的学生录和毕业照，那个放着天南地北的学生写来的信。

他呀，把这些看得像他的命根子。师母看着躺在床上的他，泪在眼眶里打转。而他，早已陷入半昏迷。整个人看上去，像薄薄的一张纸，那么轻，那么小。

二

他教我们的时候，六十好几了。本已退休在家、安享晚年的，但因学校缺语文老师，他就又回到学校。

他见人一脸笑，没有老师的威严，一点儿也没有。没有一个学生怕他，当面背后，都称他，老头子。有时至多在老头子前面，加上他的姓，陈。陈老头子——我们这么叫。他也不恼，看见我们，依旧笑眯眯的，和蔼温润。

他家住老街上。一条青石板铺成的巷道，小蛇般的，蜿蜒在老街上。两边各站一排黛瓦房，都是木板门、木格窗。他住在其中一幢黛瓦房里，小门小户的，外表看上去，跟其他人家别无二致，内里的摆设却大不相同。有一两回，下了晚自习，我伴着住在老街上的同学回家，走过他家门口，看到有灯光映着木格窗，像水粉涸在宣纸上。我们趴在木格窗上，朝里张望，看到满屋的字画。一排书架倚墙而摆，满满当当的，全是书。灯光晕黄，他在那晕黄的灯光下，挥毫泼墨。窗台边，一只肚大颈长的白瓷花瓶，里头插菊，静静开。

他的毛笔字写得好，那时我们并不觉得。也是到多年后，听人提起，人表示敬仰，说，那个陈老先生啊，毛笔字可是当年老街上一绝的，笔力深厚浑圆，一般的书法家远远不及。

他对诗词歌赋也颇有研究，会写古诗。他有时写了，念给我们听，我们也不觉得好。也是到多年后，听人提起，人表示仰视，说，那个陈老先生啊，写得一手好的格律诗，才华非凡。

他还唱得一口京剧，铿铿锵锵，中气十足。学校搞元旦文艺会演，他上台唱，听得我们忘了他的年纪，只拿他当英俊少年郎。我们在台下，拍得巴掌红。

他的课上得不算好，话语碎碎的，往往一句话，要重三倒四讲好多遍。教案被他圈得密密麻麻，上课时，他把教案凑到鼻子底下去，与其说是"看"，莫若说是"闻"更贴切。他"闻"着一本一本的教案，讲读"予独爱莲之出淤泥而不染，濯清涟而不妖，中通外直，不蔓不枝，香远益清，亭亭净植，可远观而不可亵玩焉""三五之夜，明月半墙，桂影斑驳，风移影动，珊珊可爱"……

我们都爱上他的课，因为，不用端庄严肃，不用假装听话。我们想到什么问题，尽可以站起来问，也可以在课堂底下随便讨论。不高兴听讲了，还可以看看课外闲书。我有好多的课外书，都是在他的语文课上读完的。他不反对，甚至是支持的。要多读书啊，他拿我做榜样，鼓励全班学生读闲书。

老头子人好，这是我们的共同评价。没有人怀疑这一点。

三

他姓陈，名光明，是老街上出了名的谦谦君子。整天一件藏蓝色中山装，风衣扣子一直扣到脖子上。个子中等，清瘦着，待人接物，礼数周全。三岁小娃娃跟他说话，他也是认真庄严地听，认真庄严地回答，一双小眼睛，在玳瑁边框的镜片后，闪闪烁烁。我那时觉得，他那双眼睛特像星星。这比喻一点儿也不特别，但我心里，就是这么想着的。

他走路腰杆笔直，却又时常要弯下腰来，路上掉的纸屑、烟头、石子、碎玻璃啥的，他都一一捡起来。他走过的一路，身后必是干净的。

他爱喝茶。办公桌上，一把紫砂壶里，终日泡着茶。他有滋有味地呷上一口，在我的作文后写评语：只要持之以恒，他日必有辉煌。

他不知道，他随手写下的这句话，是闪着金光的。它照耀了我这么多年，在我想妥协的时候，在我想懈怠的时候。

偶一次，我大起胆来，跑去他家问他借书。他笑眯眯迎我进去，满架的书，任我挑。等我抱着一怀抱的书，跟他告别，他竟送我出来，一直把我送到巷子口。

他亦是不知道，他的这一举动，对我的影响多么大。乡下孩子，家境清寒，自卑是烙在骨头里的，我走路都是低着头的。他的尊重，让我有了做人的尊严华贵，我原来，也是可以昂着头走路的。

四

我受过他的恩惠，一本新华字典。

那时，我是买不起那样的"大部头"的。

他送我一本，说是奖励我的作文写得好。

我以为是真的，心安理得地收下，自个儿觉得挺自豪的。

毕业多年后，当年的同学遇到，聊起他，我始才知道，当年他的"奖励"，只是一个幌子。他通过这样的"幌子"，奖励过不少家境困难的孩子。有同学的学费是他"奖励"的；有同学的衣物是他"奖励"的；有同学的饭钱是他"奖励"的；有同学的文具用品是他"奖励"的。

他送走过四五十届学生。到底有多少学生受过他的恩惠？怕是数也数不清了。我们能做的，就是记着他的好，并尽量使自己变得美好起来。

他分散在世界各地的学生，正风尘仆仆地往他这边赶。师母红着眼睛说，谢谢你们，没有把我家老头子忘掉。这句话，勾出我的泪。我俯身叫他，陈老师，陈老师。师母也帮着叫，老头子，老头子，你知道谁来看你了吗？是你一直念叨的那个女孩呀，是丁立梅呀。

听到我的名字，他似乎有了反应，紧闭着的双眼，微微睁开一丝缝。

那一眼的光照里，有星星闪烁。

第二辑
初　心

世间坚守一段生命
容易，坚守一段初
心，却难。

补碗匠

大人们举起碗，对着亮处晃晃，不漏光，很满意。

失手打碎一只小茶壶。

小茶壶是我从地摊上淘来的，精巧玲珑，里面装桂花或是红枣煮茶，一杯刚刚好。

望着一地的碎片，我有些心疼。那人却不在意地说，打掉就打掉了呗，再重买一只吧。说完，他拿起扫帚，唰唰唰，玻璃碎片全进了垃圾袋。地板上变得干干净净，像揩掉一滴水一样轻巧。我们照旧吃饭喝茶、发呆闲话，桌上少掉一只茶壶，与我们的生活，并无半点影响。

小时候却不是这样的。小时候我们不小心打碎一只碗什么的，那是惹了大祸了。我姐有回打碎一只碗，她慌里慌张把它埋到屋后头。吃饭时，母亲找来找去，就是少一只碗。那时，家里有几口人，就配几只碗，绝对没有多余的。

小弟告密，是大姐打碎掉一只碗。

我姐吓得面色煞白，拔腿就要往外溜，被震怒的父亲一把揪住衣领，提到"毁尸"现场。破碎的碗片儿被挖了出来，我姐被打得屁股三天着不了凳子。

邻家有孩子，因打破一只碗，吓得躲到外面游荡，愣是好些天没敢回家。家人在几里外的草堆里找到他时，他已瘦得不成人形了。即便这样，回家后，他还是挨了一顿揍。

那时有补碗匠，走村串户的。补碗匠挑副担子，不慌不忙地走。担子两头，各置一只小木箱。一只箱子里放他的补碗工具，什么小锤子小钻子小镊子的；一只箱子里放补碗的材料，釉泥和各色各样的铜钉。他来到我们村，就坐到村口的一棵大榆树下，静静地等。不一会儿，他的脚跟前，就摆着不少只破碗了。

我们围住补碗匠，好奇地叽叽喳喳，完全忘了挨打那回事了。看补碗匠像裁缝似的，把碎片儿一块一块地拼接起来，拿草绳箍住，再拿小钻子钻眼儿，把铜钉啐进去，用釉泥反复地抹。看一会儿，不耐烦了，跑开去玩。再跑回来看，他还在补。补着补着，那日头也就斜了。

大人们来取碗。破了的碗上，"缝"着细密的纹路，不仔细看，是不大看得出的。大人们举起碗，对着亮处晃晃，不漏光，很满意。他们夸赞着补碗匠高超的手艺，一边就对身旁的小孩威胁道，看下次你的手还敢不敢犯贱，再敢打破碗，就剁掉你的手。

补碗匠看着笑笑，把他的行头一一收起，不慌不忙地挑起担子，迎着夕阳走了。

我们呆立在原地，看着他渐渐走远，直到他走进夕阳里头去。唉，他是不知道，他手底下的活计，是我们小孩挨了多少的打换来的呀。

她不是一棵树

我愣在那里，为一颗小小的心里驻着的尊严。

我是在丽江古城看到那个女人的，靛蓝的大褂，靛青的裤，腰系百褶围腰，典型的纳西族装扮。女人很老了，皮肤松弛，多皱褶。她盘腿坐在一方檐下，守着一堆绣花鞋垫，对着熙来攘往的人，风吹不动。像丽江河畔的一方石，抑或檐上的一块砖，身边的一个热闹世界，都与她无关的。她的身上，充满无法言说的古朴和沧桑。

我承认，这样的沧桑，深深打动了我。我身边的游人，亦有停下来看她的，他们在她的鞋垫面前弯下腰去，看看，并不买。抬首就是一爿店，更精美的东西，里面多的是。

我举起手里的相机。飞起的檐，赭色的木门，檐下的红灯笼，还有这个老妇人，这实在是个很不错的画面。我甚至想过，如果拍摄效果好，我要把它放进我的游记里当插图。就在这时，突然从人群里冲出一个小孩儿来，小孩儿七八岁，黑，且瘦。他斜背着一个网兜兜，里面横七竖八躺着一些空饮料瓶。小孩儿几步就冲到檐下的老妇人跟前，伸出胳膊挡在前面，眼睛亮亮地对着我，口齿伶俐地说，不许拍！

我吃了一惊，没明白过来。我说怎么了？手里依然举着相机。

小孩儿一看，急了，直视着我，再次强调，不许拍！她不是一棵树！

我愣住了。这是我万万没想到的。是啊，她不是一棵树呢，我怎么可以随便拍？我放下举起相机的手，对小孩儿抱歉地笑了笑。小孩儿松了一口气，却仍盯着我，仿佛怕我偷拍。

我看他实在可爱，开玩笑地问他，那么，我可以拍你吗？

他眼睛滴溜溜地转了转，回答得倒爽快，说，可以。不过，他伸手一指老妇人脚边的五颜六色，坏坏地笑，说，你得先买一双老奶奶的鞋垫。

我问，为什么呢？

他答，因为你刚才侵犯了她，算是向她道歉。

我笑，照他说的做了。他很高兴，挺配合地让我给他拍了一张照片。我故意问他，你也不是一棵树呀，为什么让我拍？

因为你问过我可不可以呀，小家伙响亮地答。而后跑进人群里，像条小泥鳅似的，转瞬不见了踪影。

我愣在那里，为一颗小小的心里驻着的尊严。

这以后，我又去过很多地方，但不管到了哪里，我都不会再轻易把别人捉进我的镜头。因为，她不是一棵树，我没有权利侵犯她。

尘世里的初相见

这是尘世里的初相见，总会在我们的记忆里反复再现。

陌生的村庄，在屋门口坐着摘花生的老妇人，脚跟边蜷着一只小黑猫，屋顶上趴着开好的丝瓜花……这是一次旅途之中，无意间掠入我眼中的画面，没有什么特别的，但就是常常被我想起。那个村庄，那个老妇人，那猫那花，它们在我心里，投下异样的温暖。我确信，它们与我心底的某根脉络相通。

机场门口，一对年轻男女依依惜别，男人送女人登机。就要登机了，女人走向检票口，复又折回头，跑向男人，只是为了帮他理理乱了的衣领。这样的场景，我总在一些浅淡的午后想起，一个词，很湿润地跳出来，这个词，叫爱情。

送别的车站，一个母亲，反复叮嘱她人高马大的儿子，"到了那儿，记得打个电话回家。天好的时候，记得晒被子。"儿子被她叮嘱得烦了，一边往车上跨，一边说："知道了知道了。"

做母亲的仍不放心，伏到车窗上，继续叮嘱："到了那儿，要记得打个电话回家啊。"母爱拳拳，怀揣着这样的母爱上路，人生还有什么坎不能逾越呢？

凤凰沱江边，夏初的黄昏，空气中，飘荡着丝丝甜润的水的气息。放学归来的孩子，书包挂在岸边的树上，脱下的衣服，胡乱扔在青石板上。一个一个，跳下水，扑通扑通，搅了一河两岸的宁静。我遥问："冷吗？"他们答："不冷。"一个猛子下去，不一会儿，隔老远的水面上，冒出一个一个的小脑袋来。岸边的游客，笑看着他们。这旅途中偶然撞见的一景，谁能轻易遗忘？时光不管走多远，童年的影子，一直在，一直在的。它碰软了我们的心。

苗人寨子里，一场雨刚落过，弯弯曲曲一路延伸上去的青石板上，苔痕毕现，湿漉漉的打滑。瘦瘦的大黄狗，蹲在自家家门口。破旧的院门，灰灰的屋顶，却从里面走出一个水灵灵的小姑娘来。小姑娘赤着脚，从青石板上一路奔下去，辫梢上两朵粉红的蝴蝶结，艳红了简陋的寨子。我唤她一声，她停下脚步，转身讶异地看着我，笑一笑，复又奔下去。我很惊奇地望着她的背影，这么滑的路，她怎么不会摔倒？那次旅途中的其他，我回来后大抵都遗忘了，唯独这个小姑娘，不经意地，就会出现在我的脑海中，日子里，氤氲着别样的感动。无论生活有多灰暗，总有明亮的东西在，人生不绝望。

这是尘世里的初相见，总会在我们的记忆里反复再现。没

尘世里，我们需要的，有时不过是一个肩头的温暖。

物质的欢愉到底是短暂的，精神的折磨才是长久的。

有理由地使我们静静感念一些时光，静静地，不着一言。像老屋子里，落满尘的花瓶中，一枝芦苇沉默。阳光淡淡扫过，空气中，有微尘曼舞。这是宁静的好吧？这样的宁静，让人内心澄明。怀特说，生活的主题是，面对复杂，保持欢喜。红尘阡陌中，我们欠缺的，或许正是这样一颗欢喜的心。

做了一回小贼

物质的欢愉到底是短暂的，精神的折磨才是长久的。

三毛写过一篇文章叫《胆小鬼》，说的是她小时候偷拿母亲五块钱的事。她揣着这五块钱，像揣着一团火，烫得她一整天魂不守舍，父亲的一个眼神，母亲随意的一句话，都让她如坐针毡。她变得爱脸红、烦躁，不肯讲话，吃不下东西，像害了一场病，最终，她把这五块钱再偷偷放回去才安了心——小贼到底是不好当的。

每个小孩，都有过这样做小贼的经历。所贪的也并不多，只为喜欢的画片，只为喜欢的玩具，只为喜欢的小人书，只为向往中的那一口甜、一口香，就冒着被大人们捉住的危险，做了一回小贼。偷盗的手法又幼稚又拙劣，处处欲盖弥彰，然又折磨着小小的心，做人有了不光明。物质的欢愉到底是短暂的，精神的折磨才是长久的，这样的滋味尝过一次，便不想再尝。

在我五六岁的时候，也做过一回小贼。

想想我家那时人气该多旺啊，三间草房子，挤着大大小小十几口人，我爷爷我奶奶、我爸我妈、我姐、我大弟和我、我小娘娘、我小叔叔，还有我奶奶的养母，我们叫婆老太的，当时被接来我家养老。

后来我小弟也出生了。

婆老太八九十岁了吧。在孩子眼里，那个年纪的人，都老得非常遥远。婆老太大多数时候是躺在床上的，整个人没在一片幽暗里。那间房里搁着三张床，我、我姐和小娘娘在一张床上睡，我爷爷我奶奶带了我小叔叔在一张床上睡，婆老太一人独占一张床。靠南窗还搁一张古式书桌，木是上好的紫檀木，是我奶奶的陪嫁，上面放着木梳、铜镜、我奶奶的簪子、一盒百雀羚，外加一只陶罐。陶罐里装过炒米，过年时还装过糖果糕点。还有一口小闹钟，上面有公鸡，着红冠的鸡头，不停地啄食着，上下，上下，滴答，滴答。我生病时，躺床上无聊，就盯着桌上的那只小闹钟看，一看就是大半天，也不觉枯燥漫长。我惊奇着那只公鸡怎么总也停不下来，它着红冠的鸡头一直在啄啊啄的，不知疲倦。那时不懂，时间哪有停下来的，时间总是快马加鞭一路向前，它不等任何人。

婆老太有时叫过我和我姐去，手指着书桌底下，说那里有很多的小鱼在跳，叫我们去捉。我们就跳着笑着，说婆老太骗人。我奶奶说，婆老太老糊涂了，阎王爷快上门来叫她了。那意思我们大体上懂，是说婆老太快要死了。我们不觉得死的可怕，笑着跑进房里去，跟婆老太要求道："婆老太，你死后不要变成鬼来吓我们哦。"婆老太一口答应："乖乖，婆老太不会变成鬼来吓你们，婆老太舍不得吓你们。"我们听着，开心，忙着去告诉给奶奶听。现在想着，我婆老太面对死亡的从容，真真让我佩服，她的衰老枯萎一点不叫人悲伤，反倒喜滋滋的。一场告别也只是结束一个旅程，踏上另一个旅程，去往她该去的地方。

也就到了六月。阳光好得像透明的玻璃球，骨碌碌满世界滚着。吾村家家晒伏，把衣箱里的衣帽鞋袜、床上的被褥枕头，统统捧出来暴晒。我奶奶也把婆老太的床单被褥捧出来，门口拉上长长的晾衣绳，我奶奶抖抖被子，晾上绳去。我当时在边上玩耍，眼睛突然亮了，我看见一张绿色的票子，从被子里掉出来，掉到下面摊晒着的一堆柴草里。我奶奶浑然不觉，她继续忙着晒这晒那，一会儿屋里，一会儿屋外。我却动了心思，眼睛不时瞟向那堆柴草，我知道那是钱，我亦知道，用钱可以到村部小店里买到糖吃。

我慢慢挪到那堆柴草前，用脚踩住那张绿票子，趁我奶奶再转身进屋之际，赶紧弯腰抓起来，团在手里，塞进裤兜。却做贼心虚，看着我奶奶，脸涨得通红。幸好我奶奶在忙碌，一点也没留意我。我跑过去，讨好地帮着她拿这拿那，跟前跟后。我奶奶终嫌我碍了手脚，说："梅丫头你去外面玩吧。"我巴不得她这么说，如逢大赦，一溜烟跑了。

村部小店是公社配给的，每村配有一家。守店的店员亦是公社派下来的，吃着公粮的城里人。在吾村守店的店员姓吴，吾村人都喊他吴会计。吴会计三十多岁，中等身材，白而胖，见人一脸笑，很和气。吾村人对他敬重得很，屋前屋后的自留地里，种点瓜果蔬菜，都拣最好的给吴会计送去，我奶奶就着我送过几回扁豆和丝瓜。吴会计感激得很，在我提回的空篮子里，放上三四颗水果糖。糖被我们几个小孩分着吃了，那意外的甜，让我快乐了好一阵子。

吴会计常年住在店里，店铺不过一间，用货架隔了，里面住人，支着床铺，搁着脸盆脚盆等一应用品。外头是店面，货架上摆着杂七杂八的东西，如针头线脑、油盐酱醋、灯罩碗碟、铁皮的文具盒、色彩鲜艳的橡皮和卷刀，还有女人扎头的方巾等等。货架外头横放半人高的柜台，柜台的一角，蹲着两只大肚子的玻璃瓶，里面装着红红绿绿的水果糖，一分钱可以买两颗。吃干净了糖，那糖纸是宝贝，我们挑一张红的，对着太阳照，太阳是红的。换一张绿的，对着太阳照，太阳是绿的。也有孩子小恶作剧，拿糖纸包了虫子，或是泥块，伪装成水果糖，扔在路上，然后躲到一边，看经过的人，很高兴地捡起那颗"水果糖"。

靠店门的地方，倚墙摆着三口大缸。一缸是酱油。一缸是菜油。还有一缸，装的东西常有变化。中秋的时候，是一缸月饼。过年脚下，是一缸白糖或糖果。缸边摆着吴会计烧饭用的炊具，一汽油炉子。吴会计在上面煨肉，小蓝火一跳一跳的，肉香袅袅不断地飘出来。那时我觉得吴会计是顶富有的，拥有一屋子的甜和香，想吃白糖就吃白糖。想放多少油，就放多少油。还有肉吃。

话说这天晌午，我攥着那张绿票子，在金晃晃的太阳下一路小跑，跑到小店门口，手心里汗渍渍的。我一眼瞅见柜台上的玻璃瓶，里面躺着红红绿绿的水果糖，心里却慌张着，一时不敢进去，只在店门口转来转去。吴会计站在柜台里，手里在忙活着什么，他只当我是玩儿的，也不抬头，也不招呼，小孩来玩，只当小狗来串门儿。一人进来买东西，我等那人走了。再来一人，我又等那人走了。我手心里热得发烫，浑身燥热不安，瞭不见再有人来，我终鼓足勇气，走进店里去。柜台比我的人还高，我踮起脚尖，举着那张绿票子，举到柜台上，小声说："吴会计，我买糖。"吴会计探身过来，他很奇怪地看看我手里的绿票子，看看我，收下钱，从大肚子的玻璃瓶里，给我抓出几颗糖来。

我幸福地独享了那几颗糖，糖纸被我藏在口袋里。到底是做了贼的，我害怕被发现，磨蹭着等嘴里的糖全部消融干净，并再三用袖子擦干净嘴唇，确信闻不出糖味了，这才回家。家里一切太平，婆老太的被褥，仍晒在太阳下。一堆的柴草，仍摊在场上晒。墙头下一丛凤仙花，仍开着红的花黄的花。厨房里，我奶奶也一如寻常，把碗筷摆上了桌，一大盆玉米稀饭冒着热气。家人陆续回来，也就要午饭了。

吴会计突然来我家，着实吓了我一跳，我赶忙躲进房里。

他是午后来的。他跟我奶奶在堂屋里说话，嘀嘀咕咕一通，我奶奶千恩万谢送他出门。我从房内出来，赫然瞥见堂屋的方桌上，躺着一张绿票子。我奶奶看见我，笑了，说："死丫头，你偷拿婆老太的钱买糖吃了？你知道这是多大的钱啊，这是两块钱啊。幸好吴会计是个好人，把钱给送回来了。"我觉得羞惭，自己倒先哭起来。我奶奶不理我，把那张绿票子收起来。后来，我爸我妈回来，我奶奶把这事当作笑话，讲给我爸我妈听。我爸我妈也笑一回，亦是十分感激吴会计。

这回做小贼的经历，让我好多天不敢去村部小店，不敢看见吴会计，在他心里，我一定是个小贼，一想到这，我就羞愧难过得很。偏偏这时我奶奶着我去打酱油，我无法，大热的天，翻出一件棉袄套上，我以为，这样吴会计就认不出我来。我提着酱油壶，满头大汗走过去，一路上遇见的人都奇怪着，这么热的天，这丫头怎么穿着棉袄。我吭哧吭哧跨进店门，吴会计诧异地看着我，乐了，"梅丫头，你家大人怎么给你穿了棉袄，养痱子的啊？"

我相当惊慌，头低得没法再低，恨不得地上有个地缝可以钻进去。回家的路上，我垂头丧气、沮丧万分，我这等把自己包裹起来，吴会计都认出来了，他实在是个厉害的人。

初　心

世间坚守一段生命容易，坚守一段初心，却难。

初心是什么？

是春天的第一棵嫩芽，刚刚钻出土来；是秋天的第一滴晨露，栖落在花蕊间；是夏天的青荷，送出第一缕香；是冬天的飘雪，在大地上印上初吻。

是大敞特敞的门户，热切地拥抱一切。哪怕风雨雷电。哪怕毒蛇猛兽。

初心里，哪有什么风雨雷电呢！哪有什么毒蛇猛兽呢！是相信这个世界的所有。相信鲜花。相信彩虹。相信笑容。相信温柔。相信纯真和善良。相信承诺。哪怕是谎言，哪怕是欺骗，也是坚信不疑的。

是那样竭尽全力想对一个人好，想爱这个世界，想与之天长地久。

是看不得悲伤、眼泪和疼痛。

是没有得失恩怨。没有猜忌、不安和阴谋。

是毫不设防。

是随时随刻，准备倾囊相赠。

花好月圆。日日都是人间四月天。

羡慕小孩子。

每个小孩，都有一颗初心。

看两个陌生的小孩初相见，是颇有意思的。

根本不用大人引荐，他们早已从对方身上，嗅出同类的气味。像两只小狗相遇，就那么好奇地、专注地，打量着对方，仿佛在打量另一个自己。

然后，一个突然不好意思地跑开去，把一张小凳子搬来搬去，弄出很大的响声。甚至不顾大人的阻挠和责斥，故意把沙子撒到吃饭的碗里。其实哪里是玩，只不过用这种方式，吸引另一个注意。眼神清清楚楚地是朝着另一个的，那里面在热切地无声地说，你也来呀，你也来呀。

另一个立即读懂，欢快地跑过去，跟着玩起来。

笑是他们最好的语言。他们挨在一起，一个笑，咯咯咯。另一个笑，咯咯咯。也没什么好笑的，但他们就是望着对方，笑个不停。

他们一笑，全世界的花儿都开了。

也只一盏茶的工夫，他们俨然已成旧相识，到哪里都手牵着手的。他奔跑，她也奔跑。她跳跃，他也跳跃。她绕着一棵树转圈，他也绕着。他叫她，佳佳妹妹。她喊他，阳阳哥哥。是两支小溪流相遇，欢欢喜喜地汇聚到一起，心里倒映着一个蓝天。

告别时，已变得难分难舍，总要哭闹好久。

是真心的舍不得舍不得呀。全世界所有的玩具都拿来，也不敌眼前的这个哥哥和这个妹妹呀。

大人们只觉得好笑，以为小孩健忘着呢，对他们这小小的初心，哪会当真。只是哄骗着，明天还会再来玩的呀。

他们破涕为笑，信以为真。哪里知道，人生有些相遇，只是偶尔的路过，再回不了头的。

过了小半年，他和她，玩着玩着，忽然丢下玩具，出一回神，嘴里碎碎念道，我想佳佳妹妹了，我想阳阳哥哥了。

是一朵花和另一朵花相遇，稍稍点一点头，就有无限的好意。初心晶莹，无关江山，无关风月，只关乎一个他，只关乎一个她，只想在一起，在一起。

不忘初心。有几人能做到不忘呢？

初相见，他对她说，我会一辈子对你好。眼神清亮，誓言叮当，地老天荒。

然一辈子太长了，走着走着，也就走岔了道。他不是他了，她亦不是她。陌上相逢，只剩陌生。

林黛玉说，早知今日，何必当初。

傻姑娘她不知道的是，今日哪能和当初相比，当初捧出的是颗初心哪！是天也透亮，地也透亮。

人越长大，离初心就越远。

世间坚守一段生命容易，坚守一段初心，却难。

我们都把初心给弄丢了。

那些年，指甲花开

女孩子天生就有扮美的本领，即使在再贫瘠的荒芜里，她们也能无师自通，种植出美来。

花店里有一种花，小小的一株，高不盈尺，装在小陶罐里。陶罐拙朴小巧。花也小巧，纤纤弱弱的，从密密的叶子下，探出一点红，和一点白来。像极害羞的小丫头。捧上一罐，爱不释手地探问，这什么花呀？卖花的女人微微一笑，这指甲花呀，改良的指甲花呀。心当下一惊，仔细看去，看出似曾相识来，可不就是指甲花！

对这花太熟稔了，熟稔到几乎熟视无睹的地步。每年夏天，乡村人家的房前屋后，都是它，一大丛一大丛的。也没谁特意栽种过，它就那么姐妹众多。一场夏雨后，满场的姹紫嫣红，噼里啪啦燃开去的，都是它。红的，白的，紫的，黄的，极尽颜色。像谁用蜡笔，一朵一朵给涂抹过。

做女孩子的，这个时候，最开心了。因为，又可以用它染指甲了。我们采了它的叶和茎，捣碎，掺上明矾，隔置小半天，就可以敷到指甲上。一夜过后，指甲上准留下艳艳的红。由不得人不佩服，女孩子天生就有扮美的本领，即使在再贫瘠的荒芜里，她们也能无师自通，种植出美来。

是那样的夏夜，一大家子坐在家门口的场院上纳凉。风若有似无吹过，白天的暑热，渐渐消去。露珠悄悄降落。植物们的香气，浮游上来，黄豆荚、南瓜、丝瓜、豇豆，还有玉米和水稻。虫子们大着胆子在鸣唱。天上的星星，密布得像撒落的米粒。我们掐一把黄豆叶，让祖母给包红指甲。祖母总是很有耐心，她把已搅拌好的指甲花，细细地覆盖到我们的指甲上，用黄豆叶包好，外面再用茅草扎紧了。我们戴着这样的"指甲套"，十指沉沉，不好受，却都能忍着。忍一忍，美就来了。——那时我们就懂。

女孩子们聚一起，免不了要比比谁的手指甲染得更红艳。黄昏下，我们割完满满一篮子猪草，坐在沟渠边说话，把染了红指甲的手，放到水里面。红指甲在水里面显得分外妖娆。我们轻轻摆动手指头，一沟的水，便都妖娆地晃动起来。我们的心，也跟着妖娆起来。

我也曾把一朵一朵的指甲花，摘下来，用针线细细穿成花环，戴头上、戴脖子上，在乡间土路上艳艳地招摇。就有乡人停了锄望着我笑，笑容也如指甲花般的，很明艳。呀，这小丫头，是个人精，不知谁突然笑说。引起一阵和善的附和。当时我虽不知人精是什么，但隐约知道那是一句夸奖的话，小小的心立即飞扬起来。

很多年过去了，我忘了很多的人、很多的事，但乡人笑吟吟的那一句"这小丫头，是个人精"的话，我却一直记得。每每想起，就莞尔不已。

步 摇

贫瘠中的美，光芒绵长得足以覆盖我的一生。

我敲出"步摇"这两个字时，我的手底下，仿佛也在摇曳生风。我一直一直在想，怎么会有这样的首饰呢，它居然叫步摇。

它也只能叫步摇的。

我发现它，是在一套《汉族风俗史》里，说到唐代女子常见的首饰时，提及步摇。原不过是钗梁上垂有小饰物的钗，古代女子，把它插于发髻前。书中只是轻浅的两笔，淡淡带过，在我，却念念于心。步摇，步摇，这叫法，多活泼！像调皮的小孩子，一刻也坐不住，满室的安安稳稳中，他一颗小小的心，早跑到屋外去了。大人稍一不留意，他已溜出屋外，在野地里又蹦又跳。花样女子发髻上插了这样的步摇，莲步轻移，钗随人动，该是怎样的生动！在风吹不动的日子，也会陡增几分情趣。

祖母有钗，银的。年岁久了，色泽变得有些黯淡。祖母还是当它作宝贝，每日里细细地梳完头，把它插到脑后的发髻上。那时我年幼，是极不安分的一个人，母亲笑我身上一定是装了弹簧。然而看祖母梳头，我却能安稳地待一边，一看就是半小时。有时也会抢了她的钗，往我稀黄的头发上插。哪里插得住？祖母笑，等小丫头长大了才行的。我于是盼望长大。而长大是件多么遥远的事，那些日子，天地转得那么慢那么慢。

村里的女孩子，赶小就知道美。草地里坐着，一捧青草在膝上，用它编草戒指草项链草耳环。有一种草的汁液很黏稠，编了耳坠粘在耳上，可以挂很久不会掉下来。我们就"戴"着这样的耳坠，迎着风跑。我们跑，耳坠也跑，我们想象，那是缀着闪亮珠子的耳坠，一步三摇。日子里有满满的好，说不上的。

一段时期，女孩子们赶趟儿似的去穿耳洞。有了耳洞，长大了就可以戴真的耳坠的。我姐姐穿了，在没有耳坠可戴的年代，姐姐一直用一根红线拴着。风吹发飞，那红线隐约可见。美得惊魂。

我也要穿耳洞，是下了决心的。村东头的女人会穿，她喜欢吸水烟。女孩子们讨好地帮她装上烟叶，她点上火，深深吸一口，而后拿出一根银针来，给女孩子们穿耳洞。她捏着女孩子们的耳垂，不停地揉，嘴里说着，哎呀，这姑娘的耳朵长得真好看。突然一针下去，女孩子的眉头跳一跳，是疼的。却嬉笑着说，不疼。女人给她们的耳洞穿上红线，刚刚还寻常着的女孩子，瞬间就变得光彩照人起来。

我却犹豫着，不敢。她们劝，不疼呀，来穿呀。我还是不敢。门外风在招摇，女孩子们等不及再劝我，一个个跑进风里面，发飞起来，她们耳朵上拴着的红线，艳得夺目。

我的耳洞，最终也没有穿成。却对那样的场景，记忆深刻。贫瘠中的美，光芒绵长得足以覆盖我的一生。

喜欢过一个词：布衣荆钗。是乡野女子，粗布衣衫地穿着，却有钗配着，哪怕是荆钗。我以为，《陌上桑》里的罗敷就应是这样的打扮的，而不是文中所写的穿着华丽。她在路边采桑，发髻上的荆钗，追了她的身影而动，她一抬手一扬眉，都藏了万种风情。天生丽质难自弃，那才叫一个惊艳。

五点的黄昏，一只叫八公的狗

日子还是从前的日子，日子又不是从前的日子了。

完全是场意外，在早春，我遇见一个叫帕克的男人，和一只叫八公的狗。

起初，狗还不叫八公。它还在它的童年，在它尚未拥有一个名字的混沌童年。它不知打哪儿来，或许，它的存在，就是为了守候。它出现在火车站，出现在帕克面前，不早不晚，不偏不倚。一段尘缘，由此诞生。

小狗有一双会说话的眼睛。它抬眼望人时，那里面飘着层层雾霭。像一个童稚的孩子，轻轻张开他的眉睫，如水的眼神，懵懂，又无邪。

对，无邪！我相信帕克就是因这样的无邪，而心生怜悯，羁住前行的脚步的。其时，他正要乘火车去上班。他是一所大学的教授，人到中年，生活安定。可是，这只小狗的突然出现，打破了他的安定。

他抱起它，到处寻问，谁丢了小狗。寻问无果后，他又极力怂恿别人收养它——他要乘火车去上班，按规定，火车上是不允许带小狗的。再说，一个大男人带着小狗上班，算咋回事呢？

所有人都表示了对小狗的喜欢，但没有人愿意收养它。他与它眼神对视，他是无奈的，它是信任的，灵魂与灵魂，在那一刻达成共识：哦，就这样吧，就让我们在一起吧。——他带上了小狗。

看到这里，我还是漫不经心的。这部由莱塞·霍尔斯道姆导演的，名叫《忠犬八公的故事》的片子，是帮我调试电脑的小陈随手打开的。片子没卡住，小陈说，你的电脑没问题了，网速挺快的。我哦了声，说谢谢。我并没有打算把这部片子看下去，只当让一种声音，陪伴我。我手头在做另外的事，我把多余的报刊书籍，整理好了，放到一个纸盒箱里。我的房间，因塞满各类报刊书籍，总是显得很凌乱。在这个万物萌动的早春，我心血来潮了，想收拾一下它，让春天的气息，来充盈它。

桌上两盆水仙，花苞苞满得快撑不住了，就要开花了。我俯身过去，数了数，一盆里，有六个花苞。一盆里，有五个花苞。而这时，帕克和小狗，已坐到火车上，火车一路轰隆隆向前。画面安静，没有什么特别的。

如果说，最初帕克是因怜悯而收留了这只小狗，那么，随着他与小狗的共处，这种怜悯，已上升为怜爱了。善良与弱小相遇，哪里还有别的路可走？只能在一起，也只有在一起。他和它共食一小篮子的爆米花；他趴在地上，用嘴示范着，教它学捡球。他们的亲密无间，终于让一度对收养小狗持反对意见的妻子，也改变了初衷——她爱他，他的快乐，就是她的快乐。加上女儿的喜欢，这只流浪的小狗，正式成为他们家庭中的一员，取名八公。

　　日子还是从前的日子，日子又不是从前的日子了。生活中，多了许多的牵挂与惊喜，无论对于帕克来说，还是对于八公来说，相聚的日子，多么幸福。八公在与帕克的嬉戏中，逐渐长大，长成一只威武漂亮的大狗。不过在帕克面前，它还是童年时的那一只，天真无邪。它依赖帕克，简直须臾不能分离。帕克去上班，它非要跟着不可，这一跟，就跟成了小镇上一道风景。

　　每天早上，他们一起出发，前去小镇的火车站。一路上，他们尽情戏耍，风轻云淡。到了车站，帕克推开那扇通往火车的门，回头，跟八公挥挥手。八公默送着帕克的背影在门后消失，这才不情不愿地转身，自个儿回家。傍晚五点，它准时跑来火车站，等在站台上，接帕克下班。火车轰隆隆开过来了，门开，下车的人流里，帕克远远叫，八公！八公的狂喜，在那一刻，达到极点。它跳过去，尽情撒娇。满世界里，都跳动着他们的快乐。

这样的温情，深深打动了我。我坐下来，一心一意看他们的故事，任房间里一片狼藉。几朵水仙，终于挣脱外面裹着的一层胞衣，"啪"地绽开——花开原是有声音的。就像动物原是有感情的，谁对它好，它就对谁好，单纯、执着。

我在水仙花的花香里，继续看帕克与八公。一天天，他们持续着他们的"约定"，在车站分离又聚合。那样的风景，成了小镇车站站长、卖热狗的小贩、附近商店老板娘眼里最为寻常的景象。大家微笑着看，就像看车站旁长着的一棵树，就像看每天准时到达的火车。尘世的好，就是这样的，一点一滴，蔓延开来。

然而，有天早上，帕克去上班，八公却怎么也不肯跟他一道出门。它呜咽着，在地上打着转。帕克怅然若失地，一个人走向车站，边走边回头。在他推开通向火车的门，就要登上火车时，八公突然出现了。它嘴里叼着一个球，跑向帕克，那是帕克一直想教会它的技艺，之前，它一直没学会。这太让帕克惊喜与骄傲了。他推迟了登车，与它在车站上，玩起捡球的游戏，帕克把球扔出去，八公立即跑去把球给"捡"回来。帕克开心地对每一个路过的人说，瞧，它会捡球了！

我信，狗是有先知先觉的。小时候，我邻居家有狗，一天夜里，那狗突然哭叫不已。天明，那家的主人死了，脑溢血。这里的八公，应是早就预料到了的，这一次，将是它和帕克最后的欢聚。它调动了作为一只狗的全部智慧，想挽留住帕克，但终究，帕克是要走的，火车就要开了，他要去上班。

这一走，帕克再也没有归来，他倒在大学里的演讲台上，突发性的心肌梗塞。

他曾经待过的地方，一下子变得空空荡荡。他的妻子，因怕睹物思人，悲伤地离开了他们曾经的家。他的女儿，彼时已出嫁。她开车回来，带八公走。车子经过了那么多的路，拐过了那么多的弯，她是要让八公，把曾经的记忆，丢在身后的。

新家也温馨，八公受到最好的照顾。然八公却待不住，它的脑海里，全是火车的轰鸣声。它离开了帕克女儿的家，顺着记忆，走回它的车站，走回它与帕克"相约"的地方。在五点的黄昏，在火车就要到站的时候。

门开，门关，那里都不再有帕克。它听不到帕克熟悉的呼唤，它的眼睛里，蓄着深深的悲伤。它等在那里，等在他们相聚的老地方，它是相信他会回来的。车站的人渐渐习惯了它的等待，他们给它送吃的。偶尔也停在它身边，一起忆一忆那个叫帕克的大学教授，他的儒雅，他的谦谦风度。他们对它说，教授永远也不会回来啦。它抬眼看看，仿佛听懂了，却依然固执地趴着，守在那里。

我的泪，终于抑制不住，汹涌而出。随着年岁渐长，我们早已忘掉流泪的滋味，以为这个俗世里，再也没有让自己疼痛的人和事了。我们把这样的人生，叫作淡定和从容。而事实上，内心的柔软一直在的，它被一只叫八公的狗唤醒。

树绿了黄，黄了绿……雪落在八公身上，雨打在八公身上，一天天，一年年。它坚守在那里，等着帕克归来，在黄昏的车站。九年的时间，无有更改，直到它老死在那里。

整部片子，没有过多的曲折，不过是些小场景、小事件，人在慢慢老，狗在慢慢老，情却没有老，且永远也不会老。它就是我们的生活，是被我们忽略掉的一些感动。它让我们对眼下平淡而寻常的日子，重又充满温情的期待，并且学会在生命与生命之间，传递爱，和忠诚。

感谢八公！

淡香暖风

它们静默一会儿，所有的花朵，都跟着笑起来。

黄昏时，路过街边的小公园，见到几个大人带着孩子在玩。

一个刚学会走路的小孩，努力挣脱他小母亲的手，沿着一条石铺的小径，跌跌撞撞向前奔去。他一边奔，一边挥动着双臂，咯咯咯笑着。他笑什么呢？他的前面是路，后面是路，路上空空荡荡，并没有什么有趣的东西。小径旁，有几棵花树，在开着花。

小母亲追上他，抱他入怀。小母亲叫，哎呀，你不要再跑了嘛。小孩子不听，又挣脱开来，下到地上，跌跌撞撞跑开去。一边跑一边笑，咯咯咯咯，咯咯咯咯。

我停下来，望他。他笑什么呢？笑得人的心里面，绿草茵茵。

道旁的几棵花树，定也奇怪着吧？它们静默一会儿，所有的花朵，都跟着笑起来。

路过的风也笑起来。

夕阳也笑起来。云彩也笑起来。

整个天地，都笑起来。

我也笑起来。

如此的淡香暖风，真叫人柔软。

想起多年前，也是这样的黄昏，我倚在老街上的邮局大门口，等我爸来接。

我们从乡下来，上街一趟不容易。我爸领我去吃了一碗馄饨，他办事去了，嘱我在邮局门口等他。

我站在那里，东张西望，一会儿看看街道，一会儿看看邮局里面的人，笑嘻嘻的，莫名的高兴。

邮局的柜台后，坐着三四个办公的人，他们沉默不语地做着事。没有人来，也没有人出去，一屋的静悄悄。

一个中年男人，突然抬头看看我，再看看我，忍不住问，小姑娘，你笑什么呢？

我不答话，只管笑我自己的。

中年男人愣一愣，不由得也笑起来。他对旁边人说，这小姑娘，爱笑。大家都抬头看我，看着看着，也都笑了。

后来，中年男人从柜台后面走出来，摸了摸我的头，递给我一块奶糖，他说，好姑娘，你要一直这么笑下去啊。那时，奶糖对于乡下孩子，是稀罕物。我笑得山花烂漫的，收下，紧紧攥手心里。

我爸很快来接我了，半路上，我给他看那块奶糖。我爸很意外，问，他们为什么要给你奶糖呢？

我也不知道呀，我很开心地回。

多年后，我知道了，我的笑，给他们带去了淡香暖风。那块奶糖，是对笑的回报。

小鸟每天唱的歌都不一样

我们互不干扰。世界安好。

一

一只鸟在啄我的窗。

有时清晨，有时黄昏。有时，竟在上午八九点或下午三四点。

柔软的黄绒毛，柔软的小眼睛，还有淡黄的小嘴——一只小麻雀。它一下一下啄着我的窗，啄得兴致勃勃。窗玻璃被它当作琴弦，它用嘴在上面弹奏乐曲，"笃""笃""笃"，它完全陶醉在它的音乐里。

我在一扇窗玻璃后，看它。我陶醉在它的快乐里。

我们互不干扰。世界安好。

有一段时间，它没来，我很想念它。路上偶抬头，听到空中有鸟叫声划过，心便柔软地欢喜，忍不住这样想：是不是啄我窗子的那一只？

我的窗户很寂寞，在鸟儿远离的日子里。

二

街上有卖鸟的。绿身子，黄尾巴，眼睛像两粒小豌豆。彩笔画出来似的。

鸟在笼子里，啁啾。

我带朋友的小女儿走过。那小人儿看见鸟，眼睛都不转了，她欢叫一声："小鸟哦。"跳过去，蹲下小小的身子看鸟。鸟停止了啁啾，也看她。

它们就那样对望着，好奇地。我惊讶地发现，它们的眼神，何其相似：天真，纯净，一汪清潭。可以历数其中细沙几粒、水草几棵。

小女孩说："阿姨，小鸟在对我笑呢。"

有种语言在弥漫，在小女孩与小鸟之间。

我相信，那一定是灵魂的暗语。

三

我确信我家的屋顶上，住了一窝鸟。

深夜里，我写字倦了，喝一杯温热的白开水。四周俱静。我家屋顶上，突然传来嘈嘈切切的声音，伴着鸟的轻喃，仿佛呓语。我以为，那一定是一家子，鸟爸爸，鸟妈妈，还有鸟孩子。

我微笑着听，深夜的清凉，霎时有了温度。

我开始瞎想，它们是一窝什么样的鸟呢？是"泥融飞燕子"中的燕子么？还是"百啭千声随意移"中的画眉？或许是"两个黄鹂鸣翠柳，一行白鹭上青天"中的黄鹂和白鹭呢？简直活泼极了，翠绿、艳黄、纯白、碧蓝，怎一个惊艳了得？它们鸣唱着、欢叫着，发出天籁之声。

我没有爬上屋顶去看，它们到底是怎样的鸟。我不想知道。

它们一天一天，绵延着我的想象，日子里，便有了久久长长的味道。

四

故事是在无意中看到的。说某地有个退休老人，多少年如一日，用自己的退休金，买了鸟食，去一广场上喂鸟。

为了那些鸟，老人对自己的生活，近乎苛刻，衣服都是穿旧的，饭食都是吃最简单的，出门舍不得打车，都是步行。

鸟对老人也亲。只要老人一出现，一群鸟就飞下来，围着老人翩翩起舞、宛转鸣唱，成当地一奇观。

然流年暗换，老人一日一日老去，一天，他倒在去送鸟食的路上。

当地政府，为弘扬老人的精神，给老人塑了一铜像，安置在广场上。铜像安放那天，奇迹出现了，一群一群的鸟，飞过来，绕着老人的铜像哀鸣，久久不肯离去。

我轻易不落的泪，掉下来。鸟知道谁对它们好，鸟是感恩的。

五

有一段时间，我在植物园内住。是参加省作家读书班学习的，选的地方就是好。

两个人一间房，木头的房。房在密林深深处。推开木质窗，窗外就是树，浓密着，如烟地堆开去。

　　有树就有鸟。那鸟不是一只两只，而是一群一群。我们每天在鸟叫声中醒过来，在鸟叫声中洗脸、吃饭、读书、听课。在鸟叫声中散步。物欲两忘，直觉得自己做了神仙。

　　有女作家带了六岁的孩子来。那孩子每天大清早起床，就伏到窗台上，手握母亲的手机，对着窗外，神情专注。我问他，"干吗呢？给小鸟打电话啊？"他轻轻冲我"嘘"了声，一脸神秘地笑了。转过头去，继续专注地握着手机。后来他告诉我，他在给小鸟录音呢。"阿姨，你听你听，小鸟每天唱的歌都不一样。"他举着手机让我听，一脸的兴奋。手机里小鸟的叫声，铺天盖地灌进我的耳里来。如仙乐纷飞。

　　小鸟每天唱的歌都不一样，这句话，我铭记了。

世间坚守一段生命容易，坚守一段初心，却难。

贫瘠中的美，光芒绵长得足以覆盖我的一生。

孩子和秋风

孩子有本心。即便是肃杀的秋风，他们也给它镶上童话的金边，从中窥见生命的可亲和可爱。

我和几个孩子站在一片园子里，感受秋天的风。园子里长几棵高大的梧桐树，我们的脚底下，铺一层厚厚的梧桐叶。叶枯黄，脚踩在上面，嘎吱嘎吱，脆响。风还在一个劲儿地刮，吹打着树上可怜的几片叶子，那上面，就快成光秃秃的了。

我给孩子们上写作课，让孩子们描摹这秋天的风。以为他们一定会说寒冷、残酷和荒凉之类的，结果却出乎我的意料。

一个孩子说，秋天的风，像把大剪刀，它剪呀剪的，就把树上的叶子全剪光了。

我赞许了这个比喻。有二月春风似剪刀之说，秋天的风，何尝不是一把剪刀呢？只不过，它剪出来的不是花红叶绿，而是败柳残荷。

剪完了，它让阳光来住，这个孩子突然接着说一句。他仰向我的小脸，被风吹着，像只通红的小苹果。我怔住，抬头看树，那上面，果真的，爬满阳光啊，每根枝条上都是。失与得，从来都是如此均衡，树在失去叶子的同时，却承接了满树的阳光。

一个孩子说，秋天的风，像个魔术师，它会变出好多好吃的，菱角呀，花生呀，苹果呀，葡萄呀。还有桂花，可以做桂花糕。我昨天吃了桂花糕，妈妈说，是风变出来的。

我笑了。小可爱，经你这么一说，秋天的风，还真是香的。我和孩子们一起嗅，似乎就闻见了风的味道，像块蒸得热气腾腾的桂花糕。

一个孩子说，秋天的风，像个调皮的娃娃，他把树上的叶子，扯得东一片西一片的，那是在跟大树闹着玩呢。

哦，原来如此。秋天的风一路呼啸而下，原是藏着笑的，它是活泼的、热闹的，是在逗着我们玩的。孩子们伸出小手，跟风相握，他们把童年的笑声，丢在风里。

走出园子，风继续在刮。院墙边一丛黄菊花，开得肆意流畅，一朵一朵，像新剥开的橘子瓣似的，瓣瓣舒展，颜色浓烈饱满。一个孩子跳过去，弯下腰嗅，突然快乐地冲我说，老师，我知道秋天的风还像什么了。

像什么呢？我微笑地看她。她的小脸蛋，真像一朵小菊花。

秋天的风，像一个小仙女，她走到菊花旁，轻轻吹一口气，菊花就开了。这个孩子被自己的想象激动着，脸上泅着兴奋的红晕。

我简直感动了。可不是，秋天的风，多像一个小仙女啊！她走到田野边，轻轻吹一口气，满田的稻子就黄了。她走到果园边，轻轻吹一口气，满树的果实就熟了，橙黄橘绿。还有小红灯笼似的柿子。还有青中带红的大枣，和胖娃娃一样的石榴。她走到旷野边，轻轻吹一口气，一地的草便都睡去了，做着柔软的金黄的梦。小野花们还在开着，星星点点，红的、白的、紫的，朵朵灿烂。在秋风里，在越来越高远澄清的天空下。

孩子有本心。即便是肃杀的秋风，他们也给它镶上童话的金边，从中窥见生命的可亲和可爱。

寂寞的马戏

人人都投以最饱满的热情，乐，是单纯的乐、朴素的乐、全心全意的乐。

马戏团来我们村子里表演，绝对是盛事一桩。

那些年，吾村除了偶尔的露天电影做会时的唱道情、过年时的群众演出，就数马戏团最让我们期盼了。娱乐也就这么多，却一个顶一个热闹有趣。人人都投以最饱满的热情，乐，是单纯的乐、朴素的乐、全心全意的乐。不见华丽铺张，却自有它的喜悦安康。

马戏团很快在村部晒场上安营扎寨，搭了帐篷住，几十口人住在一起。说是马戏团，马其实并不多，也就一匹两匹的，拴在帐篷外。有孩子拔了一把青草去喂它们，它们爱搭理不搭理的，骄傲得很。帐篷外面，牵上了长长的晾衣绳，挂了一绳的花花绿绿。风一吹，那些花花绿绿都飘拂起来，让那一个世界看上去，仿佛是顺水漂来的仙岛。

马戏团在吾村一逗留就是四五天，天天下午有演出。周围村子的人，也都赶过来看。学校也组织学生包场。午后，路上络绎不绝的，全是人。喧喧嚷嚷着，五颜六色着，兴兴的，都是活着的趣味。

马戏团里，总有几个耍杂技的女孩，她们穿水绿的衫，水粉的裤子。或者，水粉的衫，水绿的裤子。她们跟我的年纪相差无几，脸上打着胭脂水粉，面容姣好。她们在钢丝上腾挪扭转，把身体盛放成花朵。如水中浮莲。又似牡丹朝阳，一朵两朵三朵地开。头顶是清风明朗的天，真正叫人欢喜。

众人拼命鼓掌，拍得手都红了。有人感叹着，这些小丫头真是不简单。我奶奶怜惜她们，说："这些伢儿呀，怕是骨头都练软了。"

我那时会翻筋斗，会倒立，小胳膊小腿也灵活得很。我能从我们村部晒场，一路翻着筋斗翻到家门口。看着她们，我动了小心思，我也要把骨头练软。我也要穿水粉的衫、水粉的裤，像花朵一样在钢丝上盛放。

可是，我不知道怎么样才能进马戏团。

我为这事苦恼。

我缠磨着我爸，打听马戏团的事。我爸说："这些都是穷人家的孩子，家里养不活了，从小被送进马戏团去。这些孩子，早上天不亮就要起来练功，练不好要挨师傅的打。台上十分钟，台下十年功的，他们不知吃了多少鞭子的。"

我仍坚持着，我要去马戏团。

大人们都取笑我，说我是入了魔了，没人拿我的话当真。

我独自跑过去找马戏团的人。

是曲终人尽散，晒场上残留着一地的瓜子壳子。马戏团的人在收拾道具，帐篷门口的大锅里，熬着一大锅稀饭。里面有女孩子突然掀帘出来，挂一脸泪痕。后面有声音在追着骂："叫你顶缸，你练多长时间了，怎么还学不会！跟头笨猪似的，你今天晚上觉不要睡了，什么时候把缸顶起来，什么时候睡觉！"

那女孩子看我一眼，转到帐篷后面去了。

一瘦瘦的男人，跟着走出来，长得尖嘴猴腮的，一脸的怒气冲冲，与台上的轻舞飞扬，有着极大的不同。我被吓住，只呆呆站着，一句话也说不出，一句话也不敢问。

有人在叫："开饭啦！"一把大勺子在锅里搅。里面的人陆续出来了，一人手里拿一只瓷钵子，排着队，等着打稀饭。

女孩子都卸了妆，顶着一张黄瘦的小脸，漠然着。那些艳丽娇柔呢，那些水粉青嫩呢，都去了哪里？我失望极了，扭头就跑，跑得上气不接下气。

我再不曾提过要进马戏团的事。后来的马戏，我亦很少看了。

你再捉一只蜻蜓给我，好吗

他们还像从前一样，是三个人，亲密无间。但分明又不是了，他们都长大了。

陆小卫第一次给方可可捉蜻蜓的时候，穿淡蓝的小汗衫，吸着鼻子，鼻翼上缀满细密的小汗珠。他手举一只绿蜻蜓，半曲着腰，对因摔了一跤而坐在地上大哭的方可可，一遍一遍哄着，"可可，我捉了只蜻蜓给你玩，你不要哭了，好吗？"那一年，陆小卫8岁，方可可6岁。

6岁的蓝心，站在陆小卫的身旁。蓝心吮着小拇指，眼巴巴盯着陆小卫手上的绿蜻蜓。她很想要，但陆小卫不会给她。陆小卫说她长得丑，有时跟她生起气来，就骂她"狼外婆"。狼外婆长得很丑么？方可可不知道。方可可只知道每次陆小卫骂蓝心狼外婆时，蓝心都会大哭着跑回家。不一会儿，蓝心的妈妈，那个跛着一只脚的刘阿姨，就会一手牵着蓝心，一手托着一碟瓜子或是糖果，出来寻他们。刘阿姨不会骂他们欺负蓝心，只是好脾气地抚着陆小卫的头，给他们瓜子或糖果吃，而后关照，"小卫，你大些，是可可和蓝心的哥哥哦，要带着两个妹妹好好玩，不要吵架。"陆小卫这时，会很不好意思地低下头去，用脚使劲踢一颗石子。

刘阿姨走后，蓝心慢慢蹭到陆小卫身边，跟温顺的小猫似的。陆小卫不看她，她就伸了小手小心翼翼去拉陆小卫的衣襟，另一只小手里，一准攥着一颗包装漂亮的水果糖。那糖纸是湖蓝色的，还有一圈白镶边。是她特地省下来的。"给你。"她把水果糖递到陆小卫跟前，带着乞求的神色。陆小卫起初还装模作样嘟着嘴，但不一会儿，就撑不住糖的诱惑了，把糖接过来，说："好啦，我们一起玩啦。"蓝心便开心地笑了，一脸的山花烂漫。

陆小卫转身会和方可可分了糖吃，一人一半。湖蓝的糖纸，被两双小手递来递去。他们透过它的背面望太阳，太阳是蓝的。望飞鸟，飞鸟也是蓝的。方可可用它望陆小卫的脸，陆小卫的脸竟也是蓝的。他们快乐地惊叫。整个世界，都是蓝蓝的，一片波光潋滟。

多年之后，方可可忽然想起，那湖蓝的糖纸，像极了陆小卫给她捉的第一只蜻蜓的翅膀。她后来不哭了，她从地上爬起来，接过陆小卫给她捉的蜻蜓。她用手指头拨它鼓鼓的小眼睛，叫它唱歌。陆小卫笑了，蓝心笑了，她也笑了。

那一年，方可可、陆小卫、蓝心，一起住在一个大院里。他们青梅竹马，亲密无间。

上小学三年级的时候，方可可的家要搬到另一座小城去，那是她父亲工作的城。

那个时候，方可可和蓝心同班，好得像一对姐妹花。而陆小卫，已上小学五年级了，常常很了不起似的在她们面前背杜甫的诗词，翻来覆去只两句：感时花溅泪，恨别鸟惊心。

他有时还会和蓝心吵，吵急了还会骂蓝心狼外婆。蓝心不再哭，只是恨恨地咬着牙，瞪着眼看着陆小卫。

陆小卫却从不跟方可可吵，他还是一有好东西就想到方可可，甚至他最喜欢的一把卷笔刀，也送给了方可可。

方可可三年级学期结束时，父亲那边的房子已收拾好了，他们家真的就搬迁了。临走那天，大院里的人，都过来送行。女人们拉着方可可母亲的手，说着一些恋恋不舍的话。说着说着，就脆弱地抹起眼泪。

方可可也很难过，背着自己的小书包，跟蓝心话别。而眼睛却在人群里张望着，她在找陆小卫，而他，一直一直没有出现。

蓝心送方可可一根红丝带，要她在想她的时候，就把红丝带扎在头发上。方可可点点头答应了，回送蓝心一把卷笔刀，是陆小卫送她的。蓝心很喜欢这把小卷笔刀，她曾跟方可可说过，她最喜欢小白兔了。陆小卫送方可可的卷笔刀，造型恰恰是一只可爱的小白兔。

陆小卫这时不知打哪儿冒出来，拉起方可可的手就跑，一边跑一边回头冲方可可的母亲说："阿姨，可可跟我去一会儿就回来。"

他们一路狂奔，冲出大院，冲出小巷，就冲到了他们惯常玩耍的小河边。那里终年河水潺潺，树木葱郁。陆小卫让方可可闭起眼睛等两分钟。待她张开眼时，她看到他的手里，正举着一只绿蜻蜓。

"可可，给你，我会想你的。"说完，陆小卫转身飞跑掉了。留下方可可，望着手上的绿蜻蜓，怔怔。

方可可在新的家，很怀念原来的大院。怀念得没有办法的时候，她就给蓝心写信，在信末，她会装着轻描淡写地问一句：陆小卫怎么样了？

蓝心的信，回得总是非常及时。她在信中，会事无巨细地把陆小卫的情况通报一番。譬如他在全校大会上受到表扬。他数学竞赛又得了一等奖。他打球时扭伤了一条胳膊。他不再骂她狼外婆，而是叫她蓝心。

方可可对着满页的纸，想着陆小卫的样子。窗外偶有蜻蜓飞过，它不是陆小卫为她捉的那只，她知道。

在小学六年级的那年暑假，方可可跑回去一次。蓝心还在那个大院住着，陆小卫却不在了，他随他的家人搬到另一个小区去了。

蓝心长成漂亮的大姑娘，脑后扎着高高的马尾巴。方可可和蓝心站在街角拐弯处吃冰淇淋，谈陆小卫。蓝心说："他现在上初中了，个子很高了。"

冰淇淋吃掉后，蓝心去打了一个电话，陆小卫就来了，样子很高很瘦。他们还像从前一样，是三个人，亲密无间。但分明又不是了，他们都长大了。

他们坐在从前的小河边，除了笑，就是沉默。

陆小卫后来打破沉默，说："可可，我给你捉只蜻蜓吧。"蓝心立即热烈响应，拍着手说："好啊好啊，也给我捉一只吧。"

陆小卫就笑了，伸手拍一下蓝心的头说："你捣什么乱？"那举止，竟是亲昵的，而与方可可，却是生疏的。方可可觉得心头一暗，太阳隐到了云端里。

一会儿，陆小卫就捉到了一只蜻蜓，红色的，有着透明的翅膀。他把蜻蜓小心地放到方可可的手上，蜻蜓的翅膀颤了颤，陆小卫的手，也颤了颤。方可可抬眼看他，他穿红色 T 恤，已是翩翩一少年。

蓝心一直追随着陆小卫的脚步走。

陆小卫高中，蓝心初中。陆小卫在北方上大学，蓝心努力两年，也考上陆小卫所在的那所大学。

方可可却在南方的一所大学里，寂寂。她与他们的距离，相隔了万水千山。

元旦的时候，陆小卫寄给方可可明信片，是他亲手制作的，上面粘着蜻蜓标本。他的话不多，只简洁的几个字："可可，节日好。"

方可可不给他回寄，只托蓝心谢他。

方可可跟蓝心一直通信，也通电话。她们天南地北瞎聊一通，然后就聊陆小卫。蓝心说，他是学校的风云人物，是学生会主席，后面迷倒一帮小女生。

方可可笑得岔气，一边就在纸上写：陆小卫，陆小卫……

陆小卫在他毕业的那年夏天，突然跑到方可可的学校来看方可可。他玉树临风地站在方可可面前，方可可忍不住心跳了又跳。

方可可带他去他们学校食堂吃蚂蚁上树，还有藕粉圆子。他大口大口吃，说，再也没有吃过比这更好吃的东西了。

方可可知道，他多少有些伪装。他还像小时候那样，总是尽可能地让她高兴。

有疼痛穿心而过。但表面上，方可可却不动声色。

饭后，他们一起散步，沿着校门外的路走。走累了，他们就一起坐到路边的石阶上。

陆小卫突然问她："可可，你收到我的信了么，我托蓝心寄给你的信？那几天，我正在忙着写毕业论文，没时间跑邮局，而快件必须到邮局才能寄出，所以我托蓝心了。"

"快件？"方可可愣一愣，随即明白了，她含糊着说："早收到啦。"

陆小卫看看她，缓缓掉过头去，艰难地笑，"那么，蓝心说的都是真的了，你已经，有男朋友了？"

方可可大着声笑，说："是啊是啊。"

夕阳西沉，一点一点地，落在心底。有鸽从高空飞过。这个城市没有蜻蜓，却有鸽。它们成群成群地从城市上空飞过，银色的翅膀上，驮着碎碎的夕阳，红色的忧伤。

他们不再说话，沉默地望着路对面。对面的路边，并排长着三棵紫薇树，花开得正好，一树的灿烂。红的，紫的，细密的花，纷纷扬扬。

"像不像你、我，还有蓝心？"方可可指着紫薇树，故作轻松地问陆小卫。

陆小卫只是若有似无地"哦"了声。刹那之间，他们变成陌生。

陆小卫走后的第二天，方可可收到蓝心的信，蓝心在信上说："对不起了可可，我爱陆小卫，从小就爱。而从小，你就什么都比我强，你聪明，长得漂亮，你父母有本事。而我妈妈，却是个残疾人……"

我知道的，蓝心。方可可在心里面轻轻说。她伸手捂住眼睛，不让眼泪掉下来。

　　不久，陆小卫给方可可寄来最后一张他亲手制作的明信片，明信片上，照例粘着一只蜻蜓标本。薄薄的翅，透明的忧伤。他的话依然不多，只寥寥几个字。他说："可可，我和蓝心恋爱了。"

　　方可可回："祝福你们。"

　　再不联系。

　　再相见，已是几年之后，在陆小卫和蓝心的婚礼上。方可可喝醉了，一点也不记得当时的情形了，印象中，都是蓝心一团甜美如花的笑，雾似的缥缈。

　　事后，方可可听朋友说，那天，她大醉，醉酒后一直说着一句话："你再捉一只蜻蜓给我，好吗？"

　　朋友笑她，"瞧你醉的，像个小孩子，还要什么蜻蜓。"

　　后来，朋友又说，那一天，同醉的，还有新郎官。他喝着喝着，就流泪了，嘴里面也嘟囔着什么蜻蜓蜻蜓的，没有人听得懂。

第三辑
住在自己的美好里

世上所谓美好的事物，大抵都如此，只安静地住在自己的美好里，这才保存了它们的本性。

看 花

一朵花的开放，它从来没有去征求过谁的同意。风也管不着，鸟也管不着，灵魂便自由了。

这时节，只要一有空闲，我就跑出去看花。

春天最不值钱的，就是花。

走在路上，我有君临天下的感觉，身边莺歌燕舞霓裳飘拂，后宫佳丽何止三千！人实在是有福气了，人并不知。我看路人走过花旁，一树樱花，一树桃花，还有几树海棠，那么沸沸的。他却视而不见，一径走了。我真是急，我恨不得拽住他，你看哪，你且看看哪，你就这么走了，多浪费！

也无须追到远处去，就在家门口转着吧，随便地一扭身，你也就能看到好。好是真的好。草都绿了，花都开好了，无一处不是欢欣鼓舞蓬蓬勃勃的。让你想到一个词，花样年华。季节可不正是到了它的花样年华时！

蒲公英在草地上眨巴着眼睛。这小家伙性格有点孤傲，少有成群结队的。它们撑着艳艳的小黄脸，东一朵、西一朵的，闲逛着玩儿。遇见，我也总是要向它行行注目礼。比方说，它在砖缝中。比方说，它在背阴的墙脚处。比方说，它在一截断墙上。我的内心，也总会引起一点小震动，生命的丰饶，原在生命本身，无关别的。

垂丝海棠开得顶烂漫，顶没心没肺的。春风也不过才吹了两吹，它们就跟商量好了似的，齐刷刷地冒出来，来开茶话会了。每根枝条上，都坐满了小花朵啊，手挽手、肩挨肩的，密密匝匝，盛况空前。

我走过它们身边，我老觉得它们在笑。一朵花先笑了，接着再一朵，再再一朵。然后，千朵万朵跟着笑起来，笑得花枝乱颤、云蒸霞蔚。

笑我吗？我扭头去望，不自觉的，也笑了。

油菜花开得就有些蛮不讲理了。它简直是泛滥，有一统天下的野心，成坡成岭，成海成洋。我走进一片油菜花地，老疑心耳边响着"哒哒哒"的马蹄声，它是要揭竿而起吗？

乡下的房，这个时候，是顶幸福不过的了，被它左抱右拥着，像荡在黄金波上的一艘船。有人出来，有狗出来，有鸡出来，有羊出来，那"黄金波"就跟着划过一道道细细的浪。风吹油菜花。唉唉唉，你只剩叹息的分了。

如果逢着河，如果河边刚好长着一棵野桃树，那你就等着束手就擒吧，你是注定动弹不得的了。水映着一树的花，花映着一河的水，红粉缥缈。有人在河边钓鱼，你看着那人，又欢喜又恼恨。你觉得他是在钓桃花瓣，却又搅了鱼的清梦。鱼嚼桃花影哪，自然与自然相融相生，美到地老天荒。

看到一棵梨树，开出落雪的模样。我走过去，坐在树下，奢侈地发呆。一个信息忽然过来，是远方的一个读者，她说，梅子老师，这些日子我过得很不快乐，我是一个特别在乎别人评价的人，你有过这样的烦恼吗？

我仰头望望一树的花，笑了。低头回复她，这样的烦恼，从前我也有过，现在没有了，因为，我的活，完全是我自己的事。就像一朵花的开放，它从来没有去征求过谁的同意。风也管不着，鸟也管不着，灵魂便自由了。

春在枝头已十分

纵使枯了萎了，只要一颗心，还在，一切都没有什么大不了的。

乍暖还寒，然春天，还是大踏步而来。

河边的柳们，站在细细的风里，已然新妆已毕，都风情万种地袅娜着——春在枝头已十分。

看春去呵——哪里的声音在唤。人在屋内坐着，是铁定坐不踏实的了。蠢蠢着，蠢蠢着。窗外的黄鹂，或是野鹦鹉的一声鸣啼，真正是要了人命。莫辜负了这大好春光哪，看春去呵，看春去呵。

那人说，知道吗，沿河的梅花都开好了。

那人说，知道吗，桃树的花苞苞都鼓鼓的了。

那人说，知道吗，草地的小草也都返青了，绿茸茸的。

那人说，再过几天，我们去看樱花吧。

他每日上下班，都要经过三座桥、四条街道，和两个街边小公园。沿途植满花草树木，他的眼睛，在四时季节里，从不缺少缤纷热闹。

我在他的叙述里，欢天喜地，热血沸腾。

其实，哪里用得着他叙述！我知道的，我都知道这些的。花草树木有序，到哪山唱哪山的歌，它们都明白清楚着，从不怠慢任何一步。日月天地里，它们一步一个印迹，笃实稳妥，一丝不苟，有条不紊，信念坚定，又自在淡然。人在花草树木跟前，怎样的倾倒崇敬也不为过。它们永远值得我们人类学习。

我在日历上开始涂抹，一页涂上赤橙黄绿，一页涂上红蓝青紫。去看花吧。去看草吧。去看叶吧。去看流水吧。去看青山吧。往那颜色深深处去，往那最是斑斓处去。

也去看风筝，牵着梦想和欢笑，在天上飘荡。半空中，那些纷飞的欢腾，我可不可以把它叫作幸福？它有关活着，有关成长，有关陪伴，有关呵护，有关单纯，有关期冀，有关恩爱。俗世的所求，原不过是这些。

想起新年里的一件事。大年初一，那人去所里值班，接到的第一个报警，竟是与死亡相关的。女人，吞药自杀。也才四十岁，样貌、家庭都不错，有儿念初中。然她一味苛求自己，事事都跟他人比，觉得不称心、不如意，活在自设的囚笼里。这次，儿子的期末考试考得不好，竟让她万念俱灰。遗书里她说，她活得太累了，她觉得自己这个做妈的，很失败。

我替她的孩子累得慌，这一生这一世，那孩子该背着多重的包袱成长、前行？她为什么不等一等？只要她稍稍等一等，一个春天也就来了。再厚的冰雪，也会融化。再卑微迟缓的小草，也会发芽。

我的阳台上，一盆枯萎掉的海棠里面，爆出了新芽。不过两三粒，紫红的，尚幼小。我不确定，那是不是海棠新爆出的芽。但我仍是很高兴。我很有把握地等着，一些日子后，它们定会捧出一盆的鲜活奔放来。

纵使枯了萎了，只要一颗心，还在，一切都没有什么大不了的。真的，熬过了冬，熬过了冰雪孤寒山冷水瘦，也就有了欣欣向荣。只要你肯等，只要你愿意坚守和相信，便总有一份好意来回报你。

住在自己的美好里

世上所谓美好的事物，大抵都如此，只安静地住在自己的美好里，这才保存了它们的本性。

一只鸟，蹲在楼后的杉树上。我在水池边洗碗的时候，听见它在唱歌。我在洗衣间洗衣的时候，听见它在唱歌。我泡了一杯茶，捧在手上恍惚的时候，听见它在唱歌。它唱得欢快极了，一会儿变换一种腔调，长曲更短曲。我问他，"什么鸟呢？"那人探头窗外，看一眼，说："野鹦鹉吧。"

春天，杉树的绿来得晚，其他植物早已绿得蓬勃，叶在风中招惹得春风醉。杉树们还是一副大睡未醒的样子，沉在自己的梦境里，光秃秃的枝丫上，春光了无痕。这只鸟才不管这些呢，它自管自地蹲在杉树上，把日子唱得一派明媚。偶有过路的鸟雀来，花喜鹊，或是小麻雀，它们都是耐不住寂寞的，叽叽喳喳一番，就又飞到更热闹的地方去了。唯独它，仿佛负了某项使命似的，守着这些杉树，不停地唱啊唱，一定要把杉树唤醒。

那些杉树，都有五六层楼房高，主干笔直地指向天空。据说当年栽植它们的，是一个学校的校长，他领了一批孩子来，把树苗一棵一棵栽下去。一年又一年，春去春又回，杉树长高了、长粗了。校长却老了，走了。这里的建筑拆掉一批，又重建一批，竟没有人碰过它们，它们完好无损地，生长着。

我走过那些杉树旁，会想一想那个校长的样子。我没见过他，连照片也没有。我在心里勾画着他的形象：清瘦，矍铄，戴金边眼镜，文质彬彬。过去的文人，大抵这个模样。我在碧蓝的天空下微笑，在鸟的欢叫声中微笑。一些人走远了，却把气息留下来，你自觉也好，不自觉也好，你会处处感觉到他的存在。

鸟从这棵杉树上，跳到那棵杉树上。楼后有老妇人，一边洗着一个咸菜坛子，一边仰了脸冲树顶说话，"你叫什么叫呀，乐什么呢！"鸟不理她，继续它的欢唱。老妇人再仰头看，独自笑了。

一天，我看见她在一架扁豆花下读书，书摊在膝上，她读得很吃力，用手指着书，一字一字往前挪，念念有声。那样的画面，安宁、静谧。夕阳无限好。

后来，听人在我耳边私语，说这个老妇人神经有些不正常。"不信，你走近了瞧，她的书，十有八九是倒着拿的，她根本不识字。不过，她死掉的老头子，以前倒是很有学问的人。"

听了，有些诧异。再看见她时，我不由得放缓脚步，多打量她几眼。她衣着整洁，举止安详。灰白的头发，被她编成两根小辫子，搭在肩上。她埋头做着她的事，看书，或在空地上，打理一些花草。

我蹲下去看她的花草。一排的鸢尾花，开得像紫蝴蝶。而在那一大丛鸢尾花下，我惊奇地发现了一种小野花，不过米粒大小。它们安静地盛放着，粉蓝粉蓝的，模样动人。我想起一句话来，你知道它时，它在开着花，你不知道它时，它依然开着花。

世上所谓美好的事物，大抵都如此，只安静地住在自己的美好里，这才保存了它们的本性，留住了这个世界，最原始的天真。

云水禅心

云是天上的水，水是地上的云。它们到底谁是谁呢？

好的曲子，是百听不厌的。

比如，我正在听的这首《云水禅心》。佛曲。四五年前，我初遇它，惊为天曲。魂被它一把攥住，满世界的喧哗，一下子退避数千里。

清清爽爽的古筝，配以三两声琵琶，如隔夜的雨滴，滚落在萋萋芳草上。一扇门，轻轻洞开，红尘隔在门外。人已完全做不了自己的主了，像懵懂的幼儿，一步步被它引领着，走近佛，走近禅，走近灵魂最初的地方。竹海森森，有泉水叮咚。有清风徐拂。有白云悠悠。有鸟鸣声交相呼应。鱼儿在清泉里，摇头摆尾。空气是绿色的，你甚至感觉到，有扑面而来的清冽和甜蜜。静，真静哪！这时候，你的心，化作一泓泉水流过去，化作一缕清风吹过去，化作一朵白云飘过去。不，不，还是化作一尾鱼好了，在清泉里，自由自在地游弋吧。

我的窗外，夏天的燠热一步一步逼近。今年的季节有点怪，春天久盼不至，夏天却急不可耐，一马当先，攻城略地——天气猝不及防地热起来。可隔了几年未听，这首《云水禅心》，还是一如既往的清丽。再多的烦躁，在它的轻抚下，也一一平息。

云水？这个词真是绝妙！云是天上的水，水是地上的云。它们到底谁是谁呢？一个，是另一个的影子，相互倾慕，相互辉映。

不记得在哪里看到的一句话了：云飘到哪里，人追到哪里；水流到哪里，人走到哪里。这天与地，原不是太阳的，不是月亮的，而是云的，是水的。

那一日，与几个朋友相约，去几百里外的便仓看牡丹。那里有传说中的枯枝牡丹——紫袍和赵粉，枯枝之上，绽放欢颜，花开七百四十年。驱车途中，一条河在我们一侧，一路跟随。天空晴朗，云朵洁白。突然撞见一个老渡口，有渡船停在岸边。午后清闲，老艄公独倚在船头，望天。隔岸，一个村庄像一幅水粉画，静止在那里。满坡的油菜花，还没开完，将谢未谢，把半条河给染得金黄。黛青的瓦房，散落在菜花间。

我们跳下车，奔过去。同行中，有四十大几的男人，激动得像个孩子，拿起照相机，一通猛拍，嘴里不停地嚷，多好啊，多好啊。

好什么呢？这天！这地！这云！这水！这渡口！老艄公倚在船头，气定神闲地看着我们。他是见多识广的，单等我们说，过河去。

真的过河去了。一人一元的渡船费。我们说，不贵不贵。好奇地问老艄公，你一天要渡多少人过河呢？他答，有时多，有时少。我们笑了，这话，像禅语。

船向对岸划过去，击起水花一朵朵。水里的云影，被搅碎了，又很快缝合。船一靠岸，我们立马扑进岸边那片油菜花地，走小径，过小桥。桥下忽然荡来一条小船，上面载着一些农用物品。船上有三人，两个男人，一个女人，女人头上系着花头巾。他们一门心思撑着小船，从我们跟前划过去，划过去。岸边杨柳青。

我们忘了要去的目的地，在那个小村庄里流连，心里涨满莫名的感动。人生的相遇、相见、相别，是这样的不确定，又是这样的合情合理。佛家说，云水禅心。又，云在青天水在瓶。一切的物与生命，原都以自然的面貌，各各存活在自己的岁月里。像那个老渡口，一河的水，倒映着岸边的油菜花，倒映着蓝天白云。午后的阳光，泼泼洒洒。一艘小船，从时光里，悠然撑过。

放风筝

　　远远近近的人，都停下来看。他们不看风筝，看放风筝的女人。

　　女人想放风筝。

　　三月天，阳光温暖得像开了花。南来的风，渐渐变得柔软，轻抚着每一个路过的人的脸，抚得人的骨头都发了酥。女人的心里，生出一根青绿的藤蔓来，朝着风里长啊长啊。这样的风，多适合放风筝啊，女人想。

　　是打小就有这个愿望的，要在三月的风里，尽情地放一回风筝。女人的父亲过世得早，母亲又体弱多病，她是家里长女，早早承担起养家的责任。女人清楚地记得，那个时候，也是三月天，桃花一枝一枝的，在人家屋前绽放。风轻轻拍打着村庄。弟弟妹妹们拿了破牛皮纸，糊在竹片上，制作成简易的风筝，在田埂边放飞。风筝像只大鸟，飞上天了，弟弟妹妹们快乐的叫声，震天震地。女人也只是远远瞟一眼，羊还在等着吃草呢，母亲的药还在等着煎，地里的庄稼活，还有一堆，她哪有那份闲情逸致呢？

也终于等到弟弟妹妹们长大，女人这才卸下肩上的担子。这时候，女人也到了谈婚论嫁的年龄。她收拾一番，把自己嫁了。所嫁之人也不富裕，常年在外打工，她守着家，操持着家务和农活。曾经放风筝的愿望，就这样，被丢进了岁月的深深处。

不久，女儿出生了，女人的全部心思，放到了女儿身上。转眼间，又是三月天，女儿会跑会跳了，男人给女儿买回一只蝴蝶大风筝，丝绢做的呢，花花绿绿的。女人盯着风筝看，看着看着，眼光就潮湿了。多漂亮的风筝啊，女人伸出手来，把风筝摸了又摸。

男人根本没留意女人的眼光，男人说，我陪孩子去放风筝，你把我包里的脏衣服洗一下。男人带回的脏衣服有一大包，搁在水池边。女人抚风筝的手，就缩了回去。女人答应一声，转身拿了澡盆，泡上脏衣服。

女人蹲在水池边，心不在焉地洗着男人的衣服。肥皂的泡沫，浸到她的眼睛里，女人抬手抹了抹，眼泪就跟着下来了。女人觉得委屈，却又不知道委屈什么。她抬头，看见女儿在田埂边拍手跳，看见男人手里的"花蝴蝶"，飞上天了，越飞越高，越飞越高。女人就又笑起来，只要女儿快乐，就好。

女儿大了，外出读书，后留在城里，有了自己的天地。男人也不用再外出打工了，他回到家里，陪女人种地，养些鸡鸭鹅的。家里虽仍不富裕，但吃穿不愁了。女人突然松懈下来，在大把的时间里发呆，曾经以为湮灭掉的愿望，开始在她心里泛着泡泡儿，让她不得安神。

又是三月天，女人忽然对男人说，我想放风筝。

放风筝？男人笑了，以为女人在开玩笑。都五十来岁的人了，怎么想玩小孩子玩的玩意儿？这不让人笑话么！男人就说，好端端的，放什么风筝呢。

女人执拗地说，我就是想放风筝。

男人看看女人，再看看女人，女人的神情，不像是开玩笑的。男人心里"咯噔"了一下，男人依稀记起以前女人看风筝的样子，目光湿湿的。是他疏忽了，女人原来有着这样的风筝情结。

男人跑去买了一只蝴蝶大风筝，丝绢做的，花花绿绿的。女人牵着"花蝴蝶"，在田埂边放。"花蝴蝶"飞上天了，女人的心，跟着飞上天。能这么放一回风筝，我这辈子没白活。女人笑了，她轻轻地对站在一旁的男人说。

远远近近的人，都停下来看。他们不看风筝，看放风筝的女人。四野安静，头上已霜花点点的女人，是很惹眼的一道风景。

家常的同里

没有人介意这样的河，没有人介意这样的水，要的，只是这样一个悠闲的日子，承载难得的清静和喜悦。

同里的河，都是顺着房子走的。或者反过来了，房子是顺着河走的。岸边人家，几乎家家都设有客栈，写着客栈大名的布幡飘在半空中，红的、黄的、蓝的，街道上空，便弥漫着千年古镇特有的气息。真的走进去了，却是一副现代市井的模样。家家都会做糕点，热腾腾的青团子、芡实糕、桂花糕、花生糕、萝卜饼，还有一团甜蜜的绕绕糖。游人少有敌得住诱惑的，停下，买上几块，边走边吃，无拘无束，像童年回归。

家家门前，都傍河摆着藤编桌椅，上有凉棚撑着，茶壶一把，茶杯几只。你若走累了，就坐下来喝口茶吧。不喝也没关系的，就坐坐吧，坐到天晚了也没人赶你走。一直急不可耐的时光，在这里，缓慢下来，像一方暖阳，泊在那里。真好，不

　　一朵花的开放，它从来没有去征求过谁的同意。

　　风也管不着，鸟也管不着，灵魂便自由了。

纵使枯了萎了，

只要一颗心，还在，

一切都没有什么大不了的。

用急着赶路，也没有未完的事在催着，这会儿，你属于你自己，一颗心完完全全放下来，像那房檐下蹲着的一只发呆的小白猫。

发呆？确是如此。河里不时有游舫摇过，那上面就坐着几个发呆的人，脸上有阳光的影子在跳跃。河不宽阔，河水也不够清澈，甚至有点浑浊。岸边的倒影，在水中模糊成一团色彩，仿佛有人随意泼上了一大桶颜料。却没有人介意这样的河，没有人介意这样的水，要的，只是这样一个悠闲的日子，承载难得的清静和喜悦。

当地妇人埋首在膝上的筛子里，在剥一些小圆果子。白的肉出来了，小米粒似的。我站边上饶有兴趣地看大半天。她由着我看，至多笑笑，复低头剥。我终于忍不住相问，你剥的是什么呢？妇人笑答，芡实啊。见我发愣，她说，就是鸡头米啊，可以做糕点，也可以熬汤煮粥喝，养脾脏呢。要不要来点？她问我。我笑着摇摇头。满街的芡实糕，原来是这个做的啊。

游人们这里探头看看，那里探头看看。看什么呢？红灯笼下的人家，一律有着深深的天井。一个天井就是一个或几个故事，几世人的悲欢离合，都化作一院的香。是桂花。每家院子里，似乎都栽有一棵。十月，它的香已浓到极处，满街流淌。游人们奢侈了，踩着这样的香，去看退思园。去访崇本堂和嘉荫堂。在三桥那里等着看抬新娘子。

同里的三桥，几乎成了同里的象征。三桥分别是太平桥、吉利桥、长庆桥，呈"品"字形跨于三河交汇处。当地习俗，逢家里婚嫁喜庆，是必走三桥的。做新娘子的这个时候最神气了，被人用大红轿子抬着过三桥，边上有人口中长长念，太平吉利长庆！探问当地人，这风俗起于何年何代呢？都笑着摇头说不知。祖上就是这样的啊，他们平静地说。祖上到底有多久？随便一座桥，都沐过上千年的风雨——这一些，在一路奔来的外地人眼里，都是惊叹，同里人却早已把它化作淡然。有什么可惊可叹的呢，他们日日与之相伴，成为家常。

　　天光暗下来，游人渐散，同里回归宁静。我回入住的客栈，那是幢老宅院。走过一段狭窄且幽暗的通道，方可进入天井。二层小木楼，木格窗，古朴朴的，很久远的样子。我坐在天井里，我的背后，是一些肆意疯长的花花草草。一只猫蹲在一口瓮旁，静静看我一会儿，跳过窗台去。我跟主人王阿姨聊天，我说你们同里出过很多名人啊，你家祖上是做什么的？王阿姨低头笑，说，小老百姓呢。她提一壶茶，给我面前的杯子斟满，问我，明早想喝粥吗？我煮粥给你喝。

　　我笑了。这才是好。小老百姓的日子，本是现世的，当下那一茶一饭的温暖，才是顶重要的。

有鸟在，春天会回来的

我喜欢这样的告别，让人记住的不是衰落与悲伤，而是华丽与欢喜。

去一个叫台南的地方采风，那儿有温泉，传说是董永、七仙女待过的地方。

想爱情真是一件奇妙的东西，它让七仙女连神仙都不做了，偷偷下凡来。上无片瓦、下无寸土亦是不在意的，只要一个董郎在，便是她的全世界。

我们的车子，经过一些田野、一些小河、一些村庄。季节已是深秋，满眼的草枯叶黄，好光景走到头的样子。你心甘情愿也好，你不情不愿也罢，时光是容不得人有半点迟疑的。草要枯的时候，自然会枯。叶要落的时候，自然要落。

气温一跌再跌，快冬了吧。一方阳光，水印子似的，泊在一片树林上。这是我们的目的地。我们下车，走进那片树林。

密林深深处，有房，有温泉。我们不急着过去，而是停下来，看那些树。

是些银杏树。这个时节的银杏树，可以用壮观来形容。别的树的韶华光阴，都是叶绿蓬勃时。独独银杏树不同，它的最美时光，是在它转身与你告别时。它把每一片叶子，都认真地给刷上金黄，远观去，像撑着一树一树的黄花朵。

我喜欢这样的告别，让人记住的不是衰落与悲伤，而是华丽与欢喜。

一地的落叶，像一地的黄蝴蝶。脚轻轻踩上去，有沙沙沙的回应，是叶子在歌唱。同行中有人对着一地的落叶感叹，落叶是美的。他这话一点不特别，然放在彼时彼刻，竟相当妥帖。风吹，树上的叶子，前赴后继地纷纷飘落，像下着一场叶子雨，流金溢彩，美得惊心动魄。

我想起朋友来。若不是生病了，这样的小聚，他必定不会缺席。想曾经，他是那么精力充沛的一个人，待人热忱，做事认真，才华横溢。一帮人聚，他每每总是焦点，大口吃肉，大碗喝酒，涉论话题，纵横古今。谁知道他竟患上肝癌，且是晚期！电话里，他倒反过来安慰我，我没事的，我只是来鬼门关门前看一看，还是会回去的。到时，我们还一起喝酒，一起话古今。

我笑着应，好，我等你。但我清楚地知道，这是不可能的了。他再也看不到这样的秋天，看不到这样一场美丽的"叶子雨"。

"昨日繁阴在，莺声树树春。"我摊开手掌，一缕阳光，跌入我的掌中。我突然为这缕普普通通的阳光感动了。回忆总叫人无限怅惘，逝去的永远追不回。可是，我还拥有当下啊，当此时，我在，树在，落叶在，鸟在，阳光在，世界在……怎不叫人感激！

活着，就好。活着，就好啊！

一群鸟雀，慌不迭，忙乱乱的，飞过我们的头顶。似一群莽撞的孩童，在野地里滚着、爬着，稚语一片。一人停下脚步，侧耳，说，听，这鸟叫啊。他神情专注，仿若初见。

我们都跟着停下来，微笑着，倾听。没有人再说话，只有那一树一树的鸟叫声，灌进耳里来。

我想，有鸟在，春天会回来的。

女人和花

花的开放，原本是件极自然的事。可贵的是，有的花却能在苦涩里，迸出生命的热情和喜悦来。

女人开了一家花店。

花店在偏巷里，门面不大，十来平方的样子。门口的空地上，挤满花草，都是寻常的一些花。其中，大丽花居多。一盆挨一盆，万分热烈地开着。

我路过，停住，看那些大丽花。它们或大红，或玫粉，一律的色彩浓郁，拼了命地往那色泽的幽深里钻。我爱这些花，从小就爱。每一朵花上，都住着我的童年。童年的茅屋檐下，大门两侧，一侧长着菊，一侧长着它。

它的根，像极了红薯。我小时候疑心过它能吃，偷偷挖出它的根，放嘴里嚼。苦，苦透了。开出的花，却又丰腴又富丽，喜洋洋的，让人瞧不出一丝苦涩来。

我想买两盆带回去。

女人听到动静，从店里走出来。大妹子，你看花呢！大嗓门嘎嘣嘎嘣的，吓我一跳。

我定睛看女人，有点惊讶。她长得实在够"魁梧"的，胖墩墩的身子，胖乎乎的脸。红黑的两颊上，爬满太阳斑。这样一个人，似乎与花花草草沾不上一点边。

这些都是你种的花？我有些怀疑地问。

当然，我喜欢花。女人爽朗地一笑，大妹子，你看上什么，就挑什么，都是我自个儿长的，不会算贵了给你的。

我家里种了好几亩地的花呢，女人弯腰整理花草。

她的男人突然从店里出来，呼哧呼哧，喘着粗气。男人看上去瘦瘦的，半边脸歪着，身子也歪着。男人好不容易站稳身子，嘴里含混地说着什么。女人赶紧走过去，搀扶住他，笑着说，你怎么又出来了？你安心躺着嘛，我不会走远的。

女人送男人进店内。花的深深处，搭着一张简易的床。

女人再出来时，我已选好两盆大丽花，一盆大红的，一盆玫红的。

女人看着花笑了，大妹子，你真会挑，这花一点不娇气，好长呢。

我笑笑，没说话，心里在惊讶着她的男人。

女人不在意，往屋里看了看，蹲下身子，给我的花重新装盆培土。

他呀，跟个孩子似的，一眼看不到我，就怕我跟人跑掉。哈哈，她大笑，大妹子，你看就长我这模样的，又老又丑，谁还会要我呀，他不抛弃我就是我的造化了。

他吧，原先身体壮实着呢，比我还壮实呢，扛一二百斤的水泥袋子走路，腿都不抖一下。你看不出吧？女人自顾自说着。说到这儿，又突然乐了，兀自呵呵地笑起来。

我们一起去过很多地方打工，上海啦，武汉啦，最远的我们还到过深圳呢。攒了些钱，家里也盖上楼房，空调冰箱一应齐全。这日子过的，我做梦都要笑醒了。

他倒跟我开起玩笑来，中风了，赖在床上不肯起来，躺了好几年呢。

我把房子卖啦，给他治病。他还舍不得，老念叨那房子。我觉得吧，人比房子重要，人没了，啥都没了。房子没了，还能重挣回来。

我也没别的本事，就是打小就喜欢些花花草草的，盘算着，开了这家花店，也方便照顾他。

你看，他现在好多了，能撑着站起来，也能走上几步路了。我相信再调理过一两年，他会完全康复的。说话之间，女人已帮我换好花盆，重新培好土、洒好水。刚喷过水的两盆大丽花，看上去更艳丽了。女人笑着拍拍手上的泥，直起身来，说，大妹子，你以后需要花，就到我家来吧，我肯定会算便宜给你。

女人的身上，摇动着花的影子，女人看上去，也像一朵花了。我一时间不知说什么才好，只不住点头。我想，花的开放，原本是件极自然的事。可贵的是，有的花却能在苦涩里，迸出生命的热情和喜悦来。如这个女人，让我敬重。

看　云

地上有花，总不会辜负眼睛。天上有云，也总不会让眼睛失望。

我的QQ签名一直是：抬头看天，低头见花。

地上有花，总不会辜负眼睛。天上有云，也总不会让眼睛失望。

比如，那样一个夏日的黄昏，我下班回家，走在紫薇花夹道的路上，偶一抬头，我被天上的云吓住了。

怎么来形容那些云呢。像鱼？是的，很像。是一群又一群白的鱼，在空中游弋着，你都能看见它们身上的鱼鳞，反射着光亮。湛蓝的天幕，做了海洋。

又像千万只绵羊，挤着拥着。去找绿草地呀，去找羊妈妈呀。你甚至听到它们咩咩咩的叫唤声。

又像是瀑布，跌落在礁石上，溅起大朵大朵雪白的浪花。

你仿佛听到哗啦啦的水声，自高空流淌下来，脑海中忽的跳出李白的那句"君不见黄河之水天上来"。谁说地上的水，不是天上的云变的呢？

这个时候，天空中除了云，还是云。雪一样的云。盐一样的云。棉絮一样的云。白莲花一样的云。

忽然，一朵云跑起来。两朵云跑起来。三朵云跑起来。无数朵云跑起来。它们一直跑向天边去。天边出现了奇异的变化，夕阳像块糖似的，整个的，融化了。蜜汁一点一点渗透进那些云朵里。云朵幻变出千万朵瑰丽的花，开啊，开啊，开啊，直开到夜幕四合。白天和夜晚的交接，原是如此辉煌。

再比如，秋高气爽的天，你走在路上，无论什么时候抬头，都能看见云，成群结队的。它们一会儿羽化成衣，飘飘拂拂。一会儿又激荡成沙滩，上面的粒粒脚窝，都看得清晰。而大地之上，栾树已红成一片了，如待嫁的新娘。我总觉得这个时候，天与地在秘商着一件什么大事。是什么呢？午后，我在东亭北路上走着，路两边全是火红的栾树，我看到天上一团云，白色的大鸟似的，飘着飘着，眼看着就要掉下来。

邂逅红叶谷

它们把一场生离死别，演绎得华丽出彩，叫人忘了悲伤，只有欢喜。

济南有条河叫锦绣川。锦绣川南部的大山里，有谷名曰：红叶谷。

我是路过。听人说，近处有个红叶谷。当下心动。寻常见着一树两树的红叶，都足够让我欣喜了，何况那满山红叶铺成的山谷！去看，当然去！

已是晚秋，秋意浓厚，叶枯草衰，少见鲜艳。山路弯弯曲曲、曲曲弯弯。车子顺着山坡忽上忽下，如坐过山车，叫人提着一颗心。偶见一户两户的山里人家，散落在山坳。青砖青瓦的小房，简朴着。我在心里犯着嘀咕，这谷外，也未免太寻常了。视线却忽然开朗，一片宽阔地带展现眼前，彩旗飘飘，车马喧腾——红叶谷到了。

登石级，入谷里，人仿佛一下子掉进了传说中的阿里巴巴的山洞，一洞全是金光闪闪的宝藏哪！眼观处，每一棵黄栌，都是披红挂金的。它们悄悄的，不胜喜悦的，商量着一件什么秘密事，满头满身，都泛着兴奋的潮红。

人顺着谷中小径走，头顶上是绚烂，身侧是绚烂，脚底下是绚烂。拐角处撞上的，还是绚烂。再普通的一个人，也变得绚烂起来。像梦，似幻，天上人间。

山坡上上下下。黄栌们跟着上上下下。红叶们，便也跟着上上下下。一簇簇盛开。一片片铺开。像红盖头——山坡就要出嫁了。场面真是浩大，"红地毯"铺着，"红被子"卷着，"红灯笼"悬着，"红烛"燃着——喜事临门，满山谷的红艳艳，红透了的红。近处，远处，都是华丽到不能再华丽，富贵到不能再富贵。你手中相机的镜头，根本无须挑角度，闭着眼睛随便拍吧，定格下来的画面，也是夺目的、独一无二的。

山泉汇聚，蓄成湖，叫绚秋湖。湖边山坡倒映。红流淌到湖里面了。金黄流淌到湖里面了。间或的，一撮两撮的松绿，或是竹绿，也流淌到湖里面了。水成彩色的水了。有白鹅凫在这样彩色的水里面发呆，秋意如此浓酽，想它们也是醉了。人站在湖边，只剩下惊叹的分了，美，真美啊！瑶池仙境，莫过如此。

雾起。山谷隐映在雾里面。那些红，便在雾中浮浮沉沉，如红色的小金鱼在游。一簇簇。一团团。又如红色的轻舟荡过。我蓦地想起白居易《长恨歌》里的诗句："西宫南内多秋草，落叶满阶红不扫。"一场君王之爱，也敌不过生死别离，人走后，只剩凄清荒凉。可分明情未断、思未了，她还在他的眷恋里。红不扫，红不扫！他日日见着，满阶红叶，哪一片不是旧日情思？上天入地，见它如见卿卿。

突然间，我读懂了那些黄栌，它们原是用红叶来寄情的啊。别离只是暂时的，活才是永恒的。所以，它们把一场生离死别，演绎得华丽出彩，叫人忘了悲伤，只有欢喜。

在菊边

没有一朵菊是愁苦烦闷的，那是因为，菊的心里，住着芬芳。

一

新搬进的房，可以接纳大捧的阳光。

阳台上有。房间里有。转一圈，看到吃饭的餐厅里，居然也有一束阳光，像朵花似的，绒绒的，开在我的餐桌上。那是后面人家的窗玻璃反射过来的。

我坐进书房里写字，阳光悄悄跟进来，趴在我的脚面上。像只听话的猫。它不言不语。我也不言不语。有时，心灵的懂得与相知，语言便成了多余。

我写一会儿字，看一下它。再写一会儿字，再看一下它。我觉得它笑了，我便也笑了。

我很享受这种寂然的欢喜。

二

去看最深的秋。再不看，又得等一年了。人生经得起几番秋去秋来？所以，不等。

穿一件新买的红格子外套。很乡村的味道。这种味道，最适合我。不饰不装，如庄稼。

好吧，来世，就让我做一棵庄稼吧，小麦，或是水稻。我将在黑色的泥土里，由一粒小小的种子，成长为丰收的金黄。

这样的生命，真的很丰富。

秋在那里。

在滩涂上。在林子里。

万亩银杏，寂然在风里。

一树一树累累的果，像镶了一树金黄的珠子。谁知道它内里的香软？

没人采摘，任由那些果实一径落下。地上果实和落叶，缠绵在一起。生生世世的样子。

我倚着银杏树拍照。每一棵银杏树，都是看客。我试图端出我最美的样子，给它看。我笑得真心实意。我笑得欢畅开怀。我笑得无忧无虑。

风有些大，却不感到冷。怎么会冷呢？这么多银杏树，等我在这里啊。我从这棵，跑向那棵，再跑向另一棵，再再另一棵。我们相视，没有一句话。

要语言做什么呢？有这颗滚烫的心，就够了。

我捡拾了很多的银杏果。吾乡人又称它白果的。我觉得白果这叫法好，白白的果子，又直白又形象。它内里的核晒干了，的确白净得很。从前我奶奶形容小脸的女孩长得好看，她总会这么说，哎呀，那孩子生得多好，长了一张白果脸呀。

现在，把它用水泡软，去外皮，用纸包上，放微波炉里转上一两分钟，便是香软的小吃食了。

我提着一袋的银杏果，像提着这个秋天最华美的馈赠。我要一天吃上几颗。从今往后，我的每一个日子，都将是香软的了。

三

怎么也没想到会遇到那些菊。那真是意外的惊喜。

我只是偶然路过。

菊开在林子里，开在一棵一棵的白杨下面。

不是一朵。不是两朵。不是三朵。而是一地，一地，再一地。朗朗的，望不到尽头。

我左右环顾，寻找主人。

哪里有？漫长的海堤，少有人烟。连过路客也很少。

它是寂寞开无主。

可是，这有什么要紧？花开与不开，完全是花的事。

我看了这朵看那朵。颜色也就黄，和白。素洁的，却又是绚丽的。你开你的，我开我的，不吵不闹，一律顶着一张笑脸。

曾听过一首《在梅边》的歌。歌词写得乱七八糟，却有一句记在心上：在梅边落花似雪纷纷绵绵谁人怜。

那么，在菊边呢？在菊边，眼眼都是绚丽的欢喜。

低头轻嗅，有浅香钻入肺腑。没有一朵菊是愁苦烦闷的，那是因为，菊的心里，住着芬芳。

阳光的味道

阳光是有味道的，那是童心的味道，是这个世界最本真的味道。

这是初冬。天气尚未冷得彻底，风吹过来，甚至还是和煦的。从七楼望下去，还见一些绿色，夹杂在明黄、深黄、金黄、紫红、橙红、褐粉里，那是银杏、梧桐、桂树、枫树，还有一些白杨和杉树。秋冬转换之际，原是用色彩迎来送往的，斑斓得落不下一丝惆怅。霜叶红于二月花呢，哪一季都有自己的好。这就像我们人生，童年有童年的天真，少年有少年的飞扬，青年有青年的朝气蓬勃，中年有中年的稳健成熟，老年有老年的宽容慈祥，每一个年龄段，都有自己的风和日丽。

阳光在高处，像一群小鸟，飞过来，扑下来，落在七楼的阳台上，觅食一般的。有什么可觅呢？我和写作班的孩子们，在阳台上嬉戏。八九岁的小人儿，青嫩的肌肤，散发出茉莉花般的清甜味。我看到阳光爬上孩子们的脸蛋，爬上孩子们的眉睫，爬到孩子们乌黑的发上。孩子们向日葵一样的，朵朵饱满。阳光要觅的，可是这人世间最初的味道？清新的，纯粹的，未染杂尘。

仿佛就听到阳光的声音。是一群闹嚷嚷的小雀，挤着拥着，要往屋子里钻。也真的钻进来了，从敞开的大门外，从半开的窗户间。装空调的墙壁上，有绿豆粒大的缝隙，阳光居然也从那里挤了进来。屋子靠窗的桌子上，茶几上摊开的一本书上，一角的地板上，就有了它跳动的影子。阳光的影子有些像小鱼，尾巴灵活。或者说，阳光就是天空中游动的鱼。

这么一想，再抬头看天空，就觉得有无数的小鱼在游。这些小鱼游下来，把这尘世每一丝被遗漏的缝隙填满，再多的冷和寂寞，也被焐暖了。我想起那年在一旅游地，邂逅一景点，叫一米阳光。游人众，都是冲着那一米阳光去的。幽深的山洞里，光明是隔绝在外的，只能摸索着前行。这个踩了那个的脚后跟，那个撞了这个的肩，时不时还有峭壁碰了头，大家发出惊叫声。突然，眼前一亮，一缕光亮，从头顶悬下，如桑蚕丝般的，抖动着，那是阳光。仰头看，洞顶，在石头与石头之间，天然留有米粒大的缝隙，阳光从那里溜下来。一行人噤了声，只呆呆望着那一米阳光，它是黑里的亮，是寒里的暖，只要你肯给它留一丝缝隙，它就灿烂给你看。

孩子们在阳光下欢闹，孩子们说，老师，我们在泡阳光澡呢。我一怔，多么形象！阳光被他们扑腾得四处飞溢，像搅碎了一浴盆的水。这"水"，顺着阳台，一路淌下去、淌下去，淌到楼下人家的花被子上，淌到楼下行人的身上。其实，这"水"，早就在空中流淌着，高处有，低处有，满世界都是阳光的海。

孩子们伸出手，左抓一把，右抓一把，仿佛就把阳光抓住了。他们使劲嗅，突然对我说，老师，阳光是有味道的。我微笑着问，什么味道呢？孩子们争相回答。一个说，巧克力的味道。一个说，橘子的味道。一个说，菊花茶的味道。一个说，爆米花的味道。一个说，牛奶的味道……

是的是的，小可爱们，阳光是有味道的，那是童心的味道，是这个世界最本真的味道。

一日崇明

这时的天空和大江，正相互走动，云走到江里，水走到天上。

想去崇明岛看看，也便去了。

不识路，绕过许多的弯。却不怕迷路，因为正好可以四处闲看。秋深时哪里的风景，都是一抓一大把。譬如乡村，田野里的水稻收割后，地里留一地金黄的茬茬，像铺着金黄的毯子。柿子树上的柿子，农人们懒得摘，一任它挂着。满树的叶落尽，只剩红彤彤的果子，远观去，一树的红宝石似的，特别入得画。野菊花们东一簇西一簇的，扎着堆儿，似在窃窃私语。遇到一片茅花地，雪一样的白。风吹过，所有的茅花，都跳起舞来，像下着一场鹅毛雪。

我们到达崇明岛时，天色已晚。夕阳正拖着橘色的长尾巴，从一些树梢上滑过。在通往崇明县城所在地城桥镇的路上，偶有车辆驶过，划破一岛的宁静。路两边全是密密的林子，不见人家。夕阳的尾巴，也终于消失在西边天的江里面，路边的林子，变得高大起来，神秘不可测，跟一座座小山似的，与黑夜融为一体。

事实上，崇明岛没有山。它是长江的入海口，被誉为"长江门户、东海瀛洲"，一面环海，三面环江。岛上植物密布，品种数不胜数。整个崇明岛，就是一座巨大的天然氧吧。

夜晚的城桥镇，也是灯火明亮的。街道两旁少有高层建筑，路上的行人不多，三三两两。摆夜摊的，在晚上八九点才出来，卖些衣物小挂件之类的。我们从街南转到街北，从街东转到街西，恍惚走进江南随便一座小镇。

住江边小屋。夜里下起雨，雨急风狂。江水奔涌的声音，历历在耳，咆哮着，仿佛要把整个小岛给掀了。掀却是掀不掉的，小岛历经一千三百多年，是个老人了，泥沙堆积，根基牢固，是目前世界上最大的沙岛。

睡在床上，听窗外雨打风吹、江水奔腾，感觉自己像睡在一艘小船上。可不是，崇明岛就是泊在江里的一艘船啊。思绪不免漫天游走，最初的最初，是哪个渔民，在江里打鱼，来此歇脚，搭棚居住？他爱上这片岛屿，随后把心爱的女人也带来了，燃起第一缕人间烟火，从此，他们在岛上生儿育女，荒岛变成烟火凡尘。

早起，风有点飕飕的冷。昨夜一场风雨，似乎把秋给送走了。问旅店老板娘，崇明哪里好玩？老板娘大概极少遇到这么个无厘头的问题，想半天才说，好玩的地方啊，你们去江边看看吧。

去江边。风大。路边的风车转得呼啦啦，犹如驶过大型货车，害得我不时回头，怕有车过。哪里有？整个崇明岛，还安睡在梦里面。路的一侧植有一排排银杏，和柏树。木芙蓉一丛一丛，花已开过，余下一两点红，惊艳得很。

日出。眼见着鲜红的太阳，从江里腾跃出来，整个江面霎时被映照得波光流转，一片绯红。天空也是一片绯红，大江似的，波光流转。初升的太阳，在它们中间铺了一条霞光道，分不清谁是谁了。我信，这时的天空和大江，正相互走动，云走到江里，水走到天上。

太阳渐渐升高，天回到天上，江回到江上，崇明岛开始人声沸腾。江边陆陆续续有了游玩的人。当地做小生意的居民，一下子冒出那么多，卖毛脚蟹的，卖小鱼的，更多的是卖崇明的小吃——崇明糕和米团子的。刚出蒸笼的崇明糕，洁白暄软，诱惑着人的味蕾。

崇明糕的历史可谓源远流长。崇明的俗语里就有：自有崇明在宋朝，同龄就是崇明糕。糕的主要成分是糯米，里面掺和了大米，再加核桃、芝麻、桂花等，做成不同口味的，糯软，香甜。每一个到崇明的人，没有不品品崇明糕的。在崇明的大街小巷都有卖，八月十五的月亮似的，一斤一只，或是二斤一只。在一家店里，我还见到五斤一只的。

午饭后我们回头时，我买了不少的崇明糕，沉沉地提在手上，带回家送人。吃是其次的，分享才是最重要的。这是崇明的特色点心崇明糕啊，我这么介绍。一日崇明，就裹在这香甜糯软的糕点里了。

第四辑
追风的女儿

月下一支清冷的百合，在乐曲声中，徐徐地开了花。

一树一树梨花开

只有记取了死亡，才真正懂得，活着，是一件多么幸运与幸福的事。

多年以前，在那个春风拂拂的季节里，在一树一树梨花开得正灿烂的时候，我们第一次触摸着了死亡。那年我们都是十七岁，梨花一样的年龄，梨花一样的烂漫着。

被死亡召去的，是个和我们一起吃着饭上着课的女孩子。女孩子姓宋，人长得纤弱细巧，犹如宋词里那个弹箜篌的。平时成绩不好也不坏，与同学的关系不疏也不密。

是在一个阳光融融的春日上午，她没来上课。平时有同学偶尔缺半天一天课的，这挺正常，所以老师没在意，我们也没在意，上课、下课，嬉戏打闹，一如往常。但到了午后，有消息突然传来，说她死了，死在去医院的路上。是突发性的脑溢血。

教室里的空气，刹那间凝固成稠状物，密密地压迫着我们的呼吸。所有正在热闹着的语言、动作，都雷击般地僵住了，严严地罩向我们的，不知是悲、是痛，还是悲痛的麻木。更多的是不可思议——怎么死亡会离我们这么近？

　　别班的同学，结队在我们教室门口探头探脑，那个女孩子的死，使我们全班同学成了他们的同情对象。我们惶恐得不知所措。平日里的吵吵闹闹，在死亡面前显得多么无足轻重。我们年轻的眼睛互相对望着，互相抚慰着。只要好好活着，一切的一切，我们原都可以不计较，原都可以原谅的啊。

　　死亡拉近了我们，我们团团围坐在一起，小心翼翼地轻抚着有关那个女孩子的记忆：我们知道了下雨天，她会把伞借给别人；知道了她常常把好吃的东西，带给同宿舍的人；知道了她曾把身上的毛线衣脱下来，给患感冒的同学穿；知道了她的资料书总与他人共享；知道了她很少跟别人生气，多数时候都是微笑着的……回忆至此，我们很有些恼恨自己了，怎么没早一点儿发现她的好呢？我们应该早早地和她成为好朋友，分享生活中的喜怒哀乐的啊。我们第一次触摸到了死亡时，也第一次懂得了什么叫珍惜。

　　后来不知谁提议，我们全班同学一齐去送她。她家住在梨园边上，她的棺材，摆放在梨花深深处。因当时殡葬改革刚刚兴起，按规定，她也必须实行火化。她的家人不舍得让她化成灰，偷偷把她用棺材装了，藏到梨园里。

我们有些浩荡的队伍，像搞地下工作似的，在一树一树的梨花底下穿行。一枝枝累累的花朵，碰着了我们的头、我们的身子。这样的举动，减缓了我们的悲痛，以至于我们见到她时，都异常冷静。我们抬头望天，望不到天，只见到一树一树的梨花。在梨花堆起的"天空"下，她很安宁地躺着，熟睡一般的。梨花映白了她的脸，她看上去，很美。我们挨个儿走过去，跟她告别，满眼都是雪白的梨花。恍惚间，我们都忘了落泪。

　　后来，我们走出梨园，她的父母在旁人的搀扶下，佝偻着身子，哭哑着嗓子，向我们一一道谢。那飘忽在一片雪白之上的无助，那锥心刺骨的痛楚，震撼了我们年轻的心。事后，我们空前团结起来，争相去做她父母的孩子。每个星期日，我们都结伴去她家，陪她的父母聊天，帮她的父母做家务，风雨无阻。这样一直延续到我们高中毕业。

　　多年以后，我们早已各奔东西，不知故土的那片梨园还在不在了。若在，那一树一树的梨花，一定还如当年一般灿烂着吧？连同那些纯洁着的心灵。记忆里最深刻最永久的一页，是关于死亡的。只有记取了死亡，才真正懂得，活着，是一件多么幸运与幸福的事。

相见欢

青春的回眸里，怎么能少了一朵花的香呢？

花，真大，硕大。白缎子扎出来似的。人普遍称之广玉兰。它其实还有个别名，叫荷花玉兰。这叫法才真叫体己，把它的清新脱尘，活脱脱给叫出来了。它是开在树上的荷花。

一排，一排，路两侧，高大的树上，栖落着这样的花朵。密集的绿叶之中，它的白，愈发显得醇厚、浓郁，质感嫩滑，跟新鲜的奶油似的，让人有咬上一口的欲望。

五六月的天，小城的荷花玉兰，不吵不闹地开了，一朵接着一朵，总要开到七八月。花香顺着风飘，清清淡淡，清清淡淡。是出浴后的女子，怀着体香。因为多，人多视而不见，他们日日袭着花香走，却不知道感激谁。

花不在意。无人留意它，还有鸟儿呢。我看见一只翠鸟，飞进花树中，在绿叶白花间，蹦蹦跳跳，幸福地鸣叫。纵使没

花的开放，原本是件极自然的事。

可贵的是，

有的花却能在苦涩里，迸出生命的热情和喜悦来。

没有一朵菊是愁苦烦闷的，
那是因为，菊的心里，住着芬芳。

有鸟儿光顾，也还有蝴蝶呢，还有蜜蜂呢。哪怕只为一缕拂过的轻风，它的开放，也有了意义。

与它，不是初相识，而是再相逢。是十八九岁的年纪吧，我远在外地的一座城读书。校园里走着，不经意就能撞见这样一棵树，高大，枝繁叶茂。没课的时候，我喜欢躲在二楼的阅览室看书，拣了窗口坐。窗外，一棵荷花玉兰，枝叶蓬勃得都俯到窗台上来了。什么时候看着，它都是满树的绿油油，春光永驻的样子。

最喜花开时分。是鼻子先知道的。一缕一缕的香，从窗外飘进来，在薄薄的空气中浮动，空气变得酥软。抬头，与花朵打个照面，心里的欢喜，一蓬一蓬地开了。

陌生的男孩女孩搭讪，是从这花开始的。

咦，花开了？那一天，终日在一张台子后坐着、负责登记各类报刊的男孩，突然站到女孩跟前来，顺着女孩的目光，看向窗外的荷花玉兰说。

是啊，花开了，女孩答。低头，眼光落在书上面，有些慌乱。

我看你每次来，都借阅诗歌一类的书，你很爱诗？男孩问。

女孩的心跳得缤纷，原来，他一直注意她的。女孩惊喜地说，你也爱诗？

男孩点点头，不好意思地说，我有时，也胡乱涂一些的。

男孩是阅览室的收发员，来自偏僻乡下，家穷，母亲多病，他早早辍学。因了一远房表亲的关系（他的表亲在这所学校任职），他得以在此谋得一临时差事。

女孩不介意这些，她和他交流各自写的诗。薄薄的黄昏，暗香浮动。

　　也有过一两回漫步，两个人，在旁人诧异的目光中，沿着一排一排的荷花玉兰走。没话找话的时候，他，或者她会说，看，花又开了好几朵了。

　　于是，都仰头看花。男孩忽然说，真羡慕你们这些大学生啊。又忽然认真地看着女孩说，谢谢你，你没有看不起我。

　　女孩的心里，又甜蜜又悲伤，竟是说不出的。

　　也就要毕业了。女孩去找男孩道别，才得知，男孩早已辞去工作，走了。女孩看到男孩留下的诗：你有你的路要走 / 我有我的路要走 / 感谢相遇的刹那 / 你的温暖 / 陪我走过孤独。

　　经年之后，我每遇到荷花玉兰，就会想起这些来。男孩的样子早已模糊，却清晰地记得那一朵一朵的花，在我青春的枝头，黯然绽放。

　　我现在任教的校园里，也植有大棵的荷花玉兰。午后清淡的闲暇里，几个孩子嬉闹着过来了，他们额上淡黄的绒毛下，望得见青嫩的血管在搏动。他们从一排花树下过，并不抬头看花。我忍不住喊住他们：

　　看，那些花。

　　花？哪里有？他们看看我，茫然四顾，终于在头顶上发现了大朵的荷花玉兰。他们惊叫起来，这么大的花啊！

　　青春的回眸里，怎么能少了一朵花的香呢？我笑笑走开去，任他们在花树下，叽叽喳喳。

在博鳌

人世间最深的情、最真的爱，莫过于勿忘和记得啊。

在博鳌，是适合过过慢生活的。

不大的一个小镇，主街道只一条。路两边遍植行道树，那是海南最具特色，也是最为普遍的树——椰子树。人从树下走，担心着树上累累的椰子，会不会突然掉下一只来，砸着了头。又猜测着，谁去摘那些椰子呢。那么多！

椰子树掩映下的房，高不过两三层，涂抹着大把艳丽的颜色，蓝，或黄，或红。门前或是窗下，都有花攀爬着在开。花在那里最不稀奇了，气温适宜，一年四季常开不息，朵朵奔放，色彩浓烈。三角梅多得像野地里的蒲公英。

色彩？对，一踏入博鳌，你就像走进一幅色彩浓郁的油画里，如海底世界的斑斓，炫丽得让你眼花。海风吹在身上，都跟带着油彩似的。外地人初来乍到，满是好奇，想着那些风情的房子里，到底有些什么样的风情呢。探头去看，不过是开着小饭店，或是卖着贝壳、珍珠类的工艺品，或是家庭客栈，或就是一杂货铺子。你所知道的日常零碎，店里面都有。椰子成堆儿垒在店门口。你渴吗？渴了就坐下来吧，劈上一只，捧手上慢慢喝。

老板娘会陪着你坐，笑眯眯地问你从哪里来。你要问的话，比她的多得多，比如这个小镇为什么叫博鳌。她会告诉你，鳌是一种神龙，且给你说上一段相关的传说。还辅之以别的传说，像女娲补天时，投下的圣公石，正好落在万泉河的出海口处，世世代代护佑着博鳌人。你后来查资料得知，"鳌"，是代表各种鱼类，跟"博"连在一起，是指鱼多鱼肥的意思。当年，这里最早的居民——疍家人，行走于水上，许下这美好的愿望，繁衍生息。

你觉得那老板娘可爱，她对于传说，那么深信不疑，且引以为豪。因为爱，才有自豪吧，这种情感，你也有过。你后来又跑去问她买一只椰子，五块钱。你坐在她的店门口，听她告诉你，现在来博鳌定居的外地人很多。这里冬天不冷的，气候好着呢，适合人居住，她说。又告诉你，哪里好玩，哪里有好吃的。她说了很多，你也记不住，只是笑笑，点头。

你其实不想去哪里玩，那些新开辟的旅游景点，人太多了，你对它们兴趣不高。连博鳌论坛会址你都没有去看。你很愿意就这样捧着一只椰子，让自己还原成庸常，与时光对坐。你不急着赶路，它也不急着要走，就这样，都慢下来了，椰子汁的天然奶香，在你的舌尖上打着滚。

　　喝饱了，沿着主街道闲步。主街道不长，一呼一吸之间，也就走到头了。主街道上有一家老房子，用斑驳的石块做着外墙。从外围看，老房子很像一艘小木船的船舱，也不知是哪一年的。裸露的台阶上，陈列着一些小花盆。墙角边，也有一大捧的花在开。红花朵，和黄花朵，一律地撑着笑，叫不上名字。老房子里的陈设，相当古董了，甚至有过去的留声机和老唱片。你要上一杯"歌碧"，慢慢啜。歌碧是当年南洋的老华侨们带来的，说白了，就是咖啡，有加奶的，和不加奶的。经当地人一演绎，变得风情得不得了。倚墙摆着老钢琴。旧的实木桌上，搁着从前的琉璃台灯。你坐在那里，似乎也成了一个古旧的人了。

　　街道的尽头，是南海。海浪拍击，日夜不停息。你很容易就想起那句话，子在川上曰，逝者如斯夫。那里，三江交汇的自然风光，是很值得一看的。三江分别是万泉河、九曲江和龙滚河，在亮如银箔子的日光下，江水河水，还真是分不清了。一条狭长的沙洲"玉带滩"，把万泉河和南海隔开，一边是风平浪静的万泉河，一边是烟波浩渺的南海。一如娴静女子，一似鲁莽大汉，相互交映，实属奇观。

　　如果你还想寻点静，就去"海的故事"里坐坐好了。那些像小孩子用蜡笔画出来的院子和房子，傍海而居，拙朴生动，稚趣十足。你人尚未踏进小院子，一抬头，看见门楣上书俩字：勿忘。心里动一动。进来，扭转身，看到反面书的竟是：记得。人世间最深的情、最真的爱，莫过于勿忘和记得啊。

你要杯白开水，或劈开一只椰子，坐在屋内，或坐在屋外，都行。眼中的一切，都是斑驳得恰到好处的。海风吹来，拂动起挂在屋旁的破渔网，你仿佛也就要出海去了。

追风的女儿

月下一支清冷的百合，在乐曲声中，徐徐地开了花。

《追风的女儿》是陈悦经典的箫笛之作。第一次听到它时，我信了一句话，音乐，会在一瞬间洞开人的灵魂。何况是用箫吹奏的呢？

在所有的乐器中，我一直对箫怀有敬畏。我以为箫是最具灵性的，它与露珠、与风霜、与星辰、与月光、与山谷、与河流连得很近。这首《追风的女儿》恰恰如此，它把日月星辰、山川河流、风霜雨露统统糅合在一起了，天衣无缝。

整首曲子听上去，不像是吹出来的，像是从灵魂深处长出来的。曲径通幽处，月下的藤蔓，伸了长长的触须，向着夜色渺茫处攀去。灵魂这时便像蜿蜒的小蛇，顺着月光的藤蔓，朝着更渺茫的夜空里爬行。那里有什么呢？莽莽苍苍，苍苍莽莽，流不尽的心事，泊不完的思念！

应该是在满月的夜晚，应该是在高高的山巅上，应该是这样一个女子——一袭白衣，长发飘飘，手执一管长箫，幽幽地吹。月下一支清冷的百合，在乐曲声中，徐徐地开了花。风悄悄吹起，月色泠泠而下。她的发飞起来、飞起来，乐曲滑翔，像纤手在寒冬里滑过青瓷。痛也是说不清的，悲也是说不清的，只觉得沁凉入骨。

她或许就是《诗经》里那个站成蒹葭的女子，永远的在水一方，却与爱情隔水相望。她或许就是《汉乐府》里那个被前夫所弃的女人，在前夫另结新欢了，她还跪着长问，新人复如何？心里是一千个一万个放不下哪。夜凉如水时，谁见她独自泪洒枕巾？她或许就是宋词里那个独上高楼的女子，望不尽天涯路，此情无计可消除，才下眉头，却上心头。

乐曲继续滑翔，风继续在吹。我怀疑，千百年来，那风就从没停过。因此追风的女儿，便从远古，一路追了过来，她们涉水而来，踏露而来，为爱百转千回。纵使被伤得千疮百孔，也在所不惜。

原来，这才是女人的死穴，一旦爱上，就再难放下。正如高胜美在另一首《追风的女儿》中所唱的："风来云也到，雨也落了。云一被风拥抱，就哭了。再也忘不了，你对我的好，被你骗到连天荒也老……"

其实，什么都明白的，曾经的好，早已风吹云散，天荒也老。却还是要去追，用尽毕生的热情。即使追成望夫岩，千年固守在山巅上眺望，也还是要追。所以有女子抱守着一句承诺，孤单终老一生。

所以，骄傲如才女张爱玲，在爱上胡兰成后，也不惜低下她高傲的头，倾尽小女子的温柔。最是心痛她说的那句话："见了他，她变得很低很低，低到尘埃里，但她心里是欢喜的，从尘埃里开出花来。"

多傻啊！低到尘埃里，连自己也做不成了。聪明如她，亦逃不过，做一个追风的女儿。

或许这世上，正因了这样的女子，才有了久久长长。因为爱过，所以无悔。

谁碰疼了她的忧伤

青山环抱中，她身后的寨子，美得像上帝遗落的一个梦。

那是个几乎与世隔绝的小山寨。大山深深处，一群苗族人，他们住黄泥抹墙的房，吃自家种的苞谷和红薯，穿自家织的土布衣裳。有儿自小会山歌，有女从小会刺绣。如此生生不息，与大山相融相生。

一行人坐了车去。当地导游再三强调，这个寨子，近年来才逐步与外界沟通的，很多方面还很原始，甚至野蛮。她叫我们无论言，还是行，都不要犯了苗人的忌讳。特别关照，不能给苗人小孩子东西，哪怕一元钱。苗人讲究自食其力，你给他们家小孩子东西，他们非但不感激，还会很生气，认为你教坏他们小孩子，让小孩子有了不劳而获的念想。

山，重重叠叠，杂草遍生。我们沿着山脚下走了大半天的路，一路磕磕绊绊，走得脚酸腿胀。最后，坐船越过一片湖，顺着长满绿苔的青石板，小心地爬上去，这才到了苗人的寨子。

一截矮墙上，传来童稚的歌声，是改版的《小城故事》："苗寨故事多，充满喜和乐，若是你到苗寨来，收获特别多。"我们都被这歌声逗乐了。有人紧走两步路，跑上去问："谁教你的？"那猴子一样灵敏的男孩子，一个翻身跳下矮墙，说："老师教的。"转身一溜烟跑了。

整个苗寨，静。只有一幢幢灰不溜秋的房，参差错开，一律的黄泥抹墙、黑瓦顶。房与房相接处，是青石板路，曲曲弯弯，蜿蜒如蛇游。缝隙处，绿草肆意疯长。导游说，白天到苗寨，是难得见到大人的，大人们都到地里干活去了，他们每天早出晚归，一天只吃两顿饭——早饭和晚饭。

果真的，转遍整个寨子，看到的，只有孩子，和狗。那些孩子，三四岁到七八岁不等。可能是近年来见到的外人多了，那些孩子并不怕生，环绕在我们身边，亦能听懂一些我们的普通话。给他们拍照，他们会摆出造型来，而后轰笑着跑过来，看相机屏幕上自己的样子，说出"漂亮"这个词。

唯有一个小女孩，远远落在一群孩子后。她一直不笑，神情忧郁，看上去顶多五六岁。导游却告诉我："不对，她十岁了。"这让我惊讶。我走过去，跟她搭话，我问："你衣裳上绣的花真好看，谁绣的？"她声音沉稳地答："我绣的。"我夸她："你真有本事，都会绣花了。"她说："我八岁就会刺绣了。"我提出要给她拍照，她想了想，问："可以带上我的妹妹吗？"原来，她留在家里，是为了照应两个年幼的妹妹。她一手搀一个妹妹，对着我的镜头站着。她的身后，是灰不溜秋的房，重重叠叠。不远处，青山苍翠。

照片拍得不错。我让她看，我问："漂亮吗？"她淡淡扫一眼，说："漂亮。"脸上依旧没有笑容。后来，我走到哪里，她便跟到哪里，也不说话，如一朵静静开着的小野花。我问："你为什么不说话呢？"她不答，伸过手来摸我的衣裳，突然冒出一句："你们那儿长黄瓜吗？"我愣住，一时不知怎么回答她。她倒不在意，兀自往下说："我们这里长好多呢，可好吃了。"我认真打量她。她的眼睛避开我，望向大山外，两汪深潭水，映着几多迷惑：大山外，到底是怎样一个世界？它带给她五光十色的冲击，让她明显地有了不安。我突然明白了她的忧郁所在。

我问她："上学吗？"她摇摇头，说："只念到二年级。"又补充："我们这儿只念到三年级的，再念书，就要到山外的镇上去，我没去过。"

我不敢再问什么。如果不是我们的闯入，她或许还是安静快乐的一个人，安命于大山深处的自给自足，长大了嫁一个阿哥，戴满头银饰，做人家的媳妇。我对她抱歉地笑笑，想送她一件礼物，但想起苗人的忌讳，忍忍，作罢。

我们离开苗寨时，一群孩子跟着，一直跟到寨子外。小女孩也跟着，神情忧郁，眼睛里，汪着两汪深潭水。我们走了好远，回过头去，依稀看见寨子口，一个小小的身影，还站在那里，蓝衣蓝裤，像一朵静静开着的小野花。青山环抱中，她身后的寨子，美得像上帝遗落的一个梦。

认取辛夷花

寻常岁月，就这样旖旎生动起来。

少时读《红楼梦》，是读得一知半解着的，里面的好多情节，读过也就读过了，多半记不住。然独独对第四十回中描写的"软烟罗"，记得牢靠。软烟罗，软烟罗，单单念着这几个字，就叫人浮想联翩了。何况它的颜色又各各艳丽着，一样雨过天晴，一样秋香色，一样松绿的，一样银红的。那银红的，贾母命人给黛玉做窗纱。

真奢侈！

我不知道，若是拿这样的软烟罗，给我家的窗子糊上，人睡在里面，会是什么样的好滋味。

我家的窗，只留着一个窗洞，是从来不糊窗纱的。窗帘也没有。冬天天冷了，风刮进来，大人们拿一把稻草塞塞完事。其他的季节，也只用块破塑料纸蒙着。风一吹，哗啦啦作响。

我读初中，有同学不经我允许，跑去我家找我。我生气得很，觉得羞耻。我羞耻着让他望见了我家的贫寒——哦，窗洞竟是用稻草塞着的。

那时去老街，我最流连的，是那些有着粉色窗帘的窗。清晨，穿着碎花睡衣的小街女子，蓬松着头，睡眼惺忪，从有着那样窗帘的房子里走出来，款款的，去上公共厕所，我亦觉得美好。因有了那一挂窗帘，她们整个的人，都是轻逸优雅的。

我软磨硬泡着我奶奶。给我们的房间挂上一幅窗帘吧，我求我奶奶。我奶奶想起来，当年新房上梁时，有用剩下的红棉布绿棉布。红棉布给我做了件小褂子，早穿旧了。绿棉布一直收着。她被我缠得没法，翻箱倒柜，把绿棉布给找出来，用几股棉线穿住一边，也就在房间的窗上挂上了。

晚上，我躺在床上，世界被挡在窗帘外。我望着这幅绿窗帘，迟迟不肯睡，看灯光在它身上描出橘色的影子，有着一屋子的好，心里真是高兴。

再去学校，我有了足够的资本邀请我的同学去我家玩。我说："就是有绿布窗帘的那一家啊。"怕他们记不住，再三重复，一定记住啊，是绿布窗帘哦。

一些年后，我读袁宏道的《横塘渡》：

横塘渡，临水步。

郎西来，妾东去。

妾非倡家女，红楼大姓妇。

吹花误唾郎，感郎千金顾。

妾家住虹桥，朱门十字路。

认取辛夷花，莫过杨梅树。

　　我读着读着，就笑起来。诗里的女孩子实在是俏皮有趣的，还兼着有些显摆。红楼大姓妇——那是很有点钱的呀。门口栽的花树也极显品味，是芳香优雅的辛夷花，也就是紫玉兰。横塘偶遇，她相遇到意中人。临别之际，她约他去她家拜访，把她的骄傲给端出来，她说，我家就是家门口栽着辛夷花的那一家啊，你千万莫要走错了呀。

　　寻常岁月，就这样旖旎生动起来。

月下我的影子，像头年轻的小鹿

黑夜使得一切变得纯粹，滤去了浮华，还原了本真。

懒得脱下珊瑚绒的睡衣，我就穿着它，出门去跑步。

每晚，我都要出门小跑一会儿，这成了我一天中最享受的时光。

夜色是最好的遮挡，没人觉得我怪异。我可以跳着走，蹲着走，倒着走，傍着走。我也可以踩着舞步，手舞足蹈，哼着唱着。同样的，没人觉得我怪异。

这个时候，便是真正自由的一个人了。万千世界，都是我的。

一路的花香、草香、树叶香，浓的，淡的，深的，浅的，缠缠绕绕。我闻闻这朵花，认认那棵草。黑夜里，它们的面容看不真切，视觉便退居一旁，味觉开始上位。闻闻吧，闻闻就知道了。这就有了再相识的欢喜。

露珠的清澈，让人忍不住想尝上一口。风也是带着好意的，吹过来，拂过去，跟逗你玩儿似的。黑夜使得一切变得纯粹，滤去了浮华，还原了本真。它使我想起"沉淀"这个词。黑夜是最经得起沉淀的。

拾荒的老人，单独一间小棚子，搭建在路边。应该属违章建筑吧，愣是没有人来把它拆除掉。一个月，两个月，半年，一年，它都在。晚上，老人在门前拉只大灯泡，足足有二百瓦，亮闪闪的，把门前的一截路，都给照亮。老人在灯下分拣荒货。夏天的时候，是打着赤膊的。一旁的随身听里，放着河北梆子，或是陕西秦腔，一律的高嗓门，铿铿铿，锵锵锵。对老人这种重口味，我起初真是好奇得很，他是真心喜欢呢，还是借此消除寂寞？后来听多了，我竟也喜欢上那唱腔，有种让人的每个毛孔，都舒展开来的畅意。

我真愿意他一直就这么住下去。我跑步的这条路上，因了他的存在，而生出鲜活的味道。

其实，每次出门前，我也纠结着来的。我家那人不喜动弹，他总是半歪在沙发上，手里随便翻本书，或是拿着电视遥控器，随便调台。他蛊惑我，说，今晚你就不跑了吧，休息一晚，陪我看看电视多好。

——我也想那么干。人都是有惰性的，人都是喜舒适的。但最终，我还是说服自己出了门。多少天的坚持，我不想在这一天出现断裂，那会让我觉得遗憾。

人的行为，往往就在这一念之间。你抬脚迈出了第一步，你也就战胜了你自己，成全了你自己。就像我每每出门之后，都会觉得庆幸，我让一天又以完满告终。要不然，我将错过这一晚的花香草香，错过这一晚的露珠夜色，错过这一晚的河北梆子和秦腔。

月亮是什么时候撑在半空中的？它像一个人，早早地等候在那里。

我不时抬头看看它，觉得它也在看我。

月亮走，我也走。

天空像一口井，水波不现，月亮是浮在水上的一朵白莲花。

又觉得它更像一匹白丝绒，月亮是托在它上面的一块打磨光滑的玉，圆润，质地醇厚。

《诗经》里有赞美诗：月出皎兮，佼人僚兮。说是赞美月下美人，我觉得更像是在赞美月亮。月的皎洁，才衬出美人之纯。天空干净，大地才会干净。

我在月下小跑。路上也有三两个锻炼的人，有的被我赶上了，有的赶上了我。我们不说话，只相互打量一眼，笑笑，继续跑着自己的。

后来，曲终人散，只剩下我，还在跑。和我一起跑着的，还有风，还有一个世界的花香草香。

月下我的影子，看上去比我年轻。它像一头年轻的小鹿，欢跳着一路向前。

我们曾在青春的路上相逢

年少时再多的疼痛，都云淡风轻了。

大眼睛，双眼皮，一笑嘴边现出两个深深的酒窝，那是蕾。她家住老街上，那儿，清一色的粉墙黛瓦房，一幢连着一幢。细砖铺成的巷道，一直延伸到深深处。人家的天井里，探出半枝或一枝花来，蔷薇或是凌霄，点缀着巷道的上空，巷道便很是风情起来。

初夏的天，太阳还没有完全没下去，老街上的居民，就早早地洗好澡，穿洗得发白的睡裤，搬把躺椅躺到院门前，慢慢地摇着一把蒲扇。那时，我的父母亲，多半还在地里面。玉米要追肥了。棉花要掐枝了。水稻该插秧了。——这些农活，我都懂。

蕾不懂。蕾是城里的孩子。城里的孩子不知道水稻与大米的关系，不知道花生是结在地底下的。蕾跟我去乡下，看见一只大母鸡，她惊叫着扑过去。对我能叫出很多野花野草的名字，她报以惊奇。我的村人们都停下钉耙锄头看蕾，蕾长得好看是一方面，还有一方面，是蕾身上的城市味——整日不经风吹，不被日晒，面皮捂得白白的。又衣着时髦，手指甲干净。乡下的孩子有几个皮肤不是黝黑黝黑的？指甲里积满了厚厚的垢。我的村人们啧啧叹，这就是城里的孩子啊。

这让我自卑。我很少再带蕾去我的乡下了，尽管后来她一再要求再去。那个时候，我们一起念高中。两层的教学楼，红砖，红瓦，窗外长高大的泡桐树。蕾爱玩，不爱读书，她常旷了课，和几个男生去看电影。偶尔也拉我一起去，我去过一次，不再去了。在一帮衣着鲜亮的城里孩子中间，我是卑微的小草一棵，实在有些格格不入。

蕾谈恋爱了，这是学校严令禁止的。班主任在课堂上旁敲侧击，予以警告。大家心照不宣地看着蕾笑。蕾脸上飞起一片红霞，她用钢笔重重敲打着桌子，以示对班主任的不满。课桌上，一本作业本的下面，压着男孩子写给她的情书。

蕾后来被班主任抓了个现行，她和一男孩子手牵手在逛街，样子亲密。班主任去蕾的家告了一状。蕾的母亲来到学校，在蕾的面前声泪俱下，要蕾交出跟她谈恋爱的那个男孩子。我们看着蕾的母亲，异常吃惊，她太苍老了，满脸皱褶，完全不像蕾的母亲，倒像是蕾的祖母。

蕾清寒不堪的家境，裸露到众人跟前。蕾的母亲，是在四十多岁改嫁之后生下蕾的，所嫁之人，是个瘫子。蕾的上面，还有三个哥哥、两个姐姐。大哥是个傻子。二姐跟人跑了。蕾的母亲在街上摆摊摊煎饼，维持一家人的生计。

大家看蕾的眼神，就有了异样。蕾变得沉默了，常常的，她的眼睛盯着窗外，一看就是大半天。窗外的桐花，开过又落了，我们要高考了。

蕾没考上，她早早进了一家纱厂做女工。我去外地念大学，渐渐与她失了联系。多年后的一天，突然接到蕾的电话，蕾在电话里问，知道我是谁吗？我脱口而出，你是蕾。曾经的青春岁月，一直都在记忆里深藏着。

我们聊起往昔，两层的教学楼，门前长泡桐树。我在那些往昔里，哽咽。那时，一帮同学在聊将来的职业，一男同学突然指着我说，你当厨娘最合适了。那之前，学校组织我们看过一部外国电影，里面有厨娘，胖，且笨。大家看着我，都哄笑起来。那些笑声，如同锋利的刀子，刀刀刺在我心上，以至于好长一段时间，我都忧郁且激愤着。

高中同学聚会，我遇到了当年的那个男生，他全然不记得说我做厨娘的事了，而是满脸惊喜地叫道，是你啊！有遇见的欢喜。

年少时再多的疼痛，都云淡风轻了。唯有感激，感激上苍，让我们曾在青春的路上相逢，照见彼此的悲喜。

自是花中第一流

等走过青春的浮躁、虚荣和执拗，岁月慢慢沉淀下来，渐渐明白了，占有未必就是拥有。

这几天晚上，我颇喜欢到一条路边去坐坐。

也是偶然的发现，某天，打那儿过，鼻子里送进来一缕香，浓甜的，缠绵不绝。我知道，是桂花。心里一阵欢喜，每年桂花的盛开，总是鼻子先知道。

我装着这样的欢喜回家。一到晚上，想散步了，脚步不由自主往那条路奔去，我要去相会桂花。

白天的桂花，自然也是香的。但我觉得，有黑夜做底子，那香气，才会格外纯粹，是白天的芜杂所不能比肩的。就像现在，路两边静了，秋虫在哪里的草丛里唧唧，叫得轻柔又温软。绿化带里栽着的树木们，这个时候，不分你高我低了，它们浑然一体，都是一团暗墨的影，亲热的一家子。星稀月朗，黛青色的天幕，辽阔窅茫，好像是为了呼应这样的宁静。桂花们开始轮番登台。我可以想象到它们的样子，一个个撑着金黄的小伞，踮着小脚尖，鼓着小嘴，使劲地吹着香。或是，挥舞着金黄的衣袖，洒下一片又一片的香。远处人家的房子、灯光，近处的路，路上偶尔走过的行人，还有路旁的花草树木们，都沉没下去，迷醉了一般。桂花的香气浮上来，像水漫过来，天地之间，只剩它的香在游走。

张开嘴，轻轻咬上一口，那香，仿佛就钻进嘴里了。这个时候的空气像米糕，糯软的。又像酒，香醇的。桂花是酿酒的第一高手。想起李清照写的桂花："何须浅碧轻红色，自是花中第一流。"莞尔。想来她是极爱桂花的，比别的花要甚。我不独独爱桂花，也爱荷花、菊花、梅花、兰花等等。这世上，总有些好花，让人一见欢喜。如同这世上总有些好人，在支撑着这个世界的美好，让人心念转动、眼睛濡湿。

大自然让人恋恋的，是有这些好花在。人世间让人恋恋的，是有那些好人在。

就这样坐着，一个人，坐到双肩渐湿，夜露降了。露蘸着桂花的香桂花的甜，露便也是香的便也是甜的。那么，我是扛着一肩的香和甜了。这么想着，我又笑了。也不知是哪里栽着的桂花树，我不去找，那根本不关紧，我只要闻着它的香。我来，它在。我不来，它也在，这就很好了。年轻时做过那样的傻事，喜欢的花，总想办法连枝剪下，插到家里的花瓶里，独自欣赏，以为那是爱它。等走过青春的浮躁、虚荣和执拗，岁月慢慢沉淀下来，渐渐明白了，占有未必就是拥有。有时，还不如放手，让它归于自然，各有各的路好走。

突然想起看过的一款美食，叫法直白得很，叫桂花藕粉羹。白瓷碗装着，琥珀色的藕粉羹之上，点缀着一小撮金黄的桂花。乍见之下，欢喜得很，金黄配了琥珀色，真是极尽温婉，想着入口一定极香甜柔滑，暖心又暖胃。很想尝试一下了。在这个星稀月朗的晚上，做上一碗桂花藕粉羹，慢慢喝下，当是件十分幸福的事。

满山坡的野玫瑰

因为热爱，才有满足。因为满足，才有幸福。

秋降落在根河那块神奇的土地上时，再少有花开了。只有一种叫马铃兰的，似乎不大愿意受季节的管束，她们戴着紫色的头巾，摇着一串紫色的铃铛，兀自在草地上跑着跳着，笑得叮叮当当。你远远走过，就能望见她们，觉得根河的美，她们占着一席。

草都黄了。分成两截儿，下面是浅黄，上面是深黄，错落有致地铺在山坡上。仿佛谁吃着饼干，不小心落下了一地的饼干屑子。

蚊虫多得能用手捧。可怜我穿条七分裤，裸露的小腿和脚脖子，成了蚊虫们争先叮咬的对象。我一边扑打着，还是执意往草地深深处去。上坡。下坡。视野突然开阔——我已站在根河湿地边缘。

178

山峦环抱。山脚下是巨大的根河河谷。绿洲和小岛密布，根河畅游其中，如银蛇盘旋，圈出一眼一眼的牛轭湖，大珠小珠落玉盘。湖边矮树灌木丛生，一蓬蓬，一堆堆，轻舟一般，载绿而过。

静默。除了静默，我不知道还能以什么方式，来消受这样的大美？

两个年老的牧羊女，端坐在山坡上，手执牧鞭，望着前方，神情怡然。不远处，她们的牛和羊在吃着草。

那么多的蚊虫，她们竟安之若素。

两只长得一模一样的狗，看见生人，很不满地高叫起来。我怕狗，停住脚步，怔怔着，思虑着假如狗扑过来，我是选择逃跑，还是原地不动。牧羊女忙喝住狗，冲我笑道，别怕，它们不咬人的。狗真的听话地住了口，并冲我友好地摇摇尾巴，跑来嗅我手里抓着的伞和小包。

山坡上，长着一丛一丛灌木，上面挂满红宝石一样的红果子。我忍不住摘一把，问牧羊女，这是什么？她们齐声答，野玫瑰呀。

春天开花的时候，可漂亮了，粉粉的，又大又肥，她们比画着。我被她们的形容逗乐了，想象着春天的根河，满山坡都是又大又肥的野玫瑰。牛淹没其中，羊淹没其中，狗淹没其中，还有她们，也淹没其中。

在呼伦湖那儿，我曾遇到一个牧民，他赶着一群马走。我

179

觉得他威武。他却挥挥牧鞭，冲我苦笑了，道出心声，做牧民很苦的，成天跟蚊虫打交道，日晒雨淋的。那些你们看上去很漂亮的蒙古包，里面其实又潮又湿。十个牧民九个都害着关节炎哪。我们的孩子都不肯放牧了，都到海拉尔打工去了。

红花绿草的背后，原有着自个儿才知晓的辛酸。

两个牧羊女的脸上，却波平浪静着。她们指着我手里的红果子，笑着说，这个，可以泡茶喝的呀。我们这山上，好多的草，都可以泡茶喝，可以治百病呢，比药好。

我"哦"一声，有些释然了。她们热爱着这片土地，这很重要。因为热爱，才有满足。因为满足，才有幸福。她们在她们的世界里与世无争，享用着满山坡的野玫瑰——这也算是生活给予她们的福报吧。

穿过我的黑发你的手

我花苞苞一样的心，在那个初冬，幽幽地，一点一点绽开。

初冬的小镇，阳光长了细绒毛

窄小的街道。青石板铺就的路。初冬的小镇，阳光长了细绒毛，淡淡地，飘在空中，落在人家的房屋顶上。

街两边，是那种入得水墨画的房。青砖黛瓦。木板门。早上一扇门一扇门移开来，晚上一扇门一扇门插上去。这是古镇，有六七百年的历史呢。里面的居民，骨子里，都透着古。他们开爿小店，做着小生意。门前一把旧藤椅，常有老妇人或是老先生在上面躺着，夏纳凉，冬取阳。他们看街景，一年四季地看。街景有什么可看的呢？无非是看路过的人，东家的故事，西家的故事，他们知道得很多。日子悠闲。

那个初冬，我披着一身阳光的细绒毛，怀里抱着几册课本，走在青石板上。十六岁，我在镇上中学念高中。我穿棉布的衣、棉布的鞋，头发扎成一束马尾巴。我看见陌生人会脸红。喜欢坐在教室窗前发呆。喜欢看窗外树上的鸟。我交了一些笔友，在遥远的他方。我们常有书信往来，谈一些所谓的人生理想。其实，那个时候，我哪里懂得什么人生理想，我的理想，乱七八糟。我甚至想过，不读书了，去跟镇上一瘸腿女人后面学裁缝。

做剃头匠的父亲责骂我，没出息！他扫起地上一圈一圈的黑发，把它们装进角落里的麻袋里，说，以后考不上大学，你就只能干这个。他的生意，总是做得不咸不淡。常对我们说的是，养活你们容易吗?

我埋下头来读书，心里有莫名的忧伤。我给远方的笔友写信，给他们描绘古老的镇，窗外总是开着一些紫薇花，永远的一树粉红，或一树浅白。我说我期盼着到远方去。笔友回信，对我所在的古镇，充满向往。这让我感到没劲，有不被理解的怅惘。

我在这样的怅惘里，走过那条每天必走三个来回的街道。午后，小街静静的，只有阳光飞落的声音，轻得像叹息。我是在偶然间一抬头，望见彭成飞的。那时，他正站在一家店门前，对着对街的房屋顶看。细长的眉毛，细长的个子，白色的风衣。他的肩上，落满了阳光的细绒毛。他的身边，有两个工

182

人模样的人，正在拆卸门板。

他的目光，是突然收回的，突然落在我的身上，只淡淡扫了一眼，仿若蜻蜓的翅，掠过水面，复又飞上半空去了。可我的心里，却涟漪暗起。我的脸红了，像被人偷窥了秘密似的，我匆匆越过他身边，逃也似的走远。

那天夜里，我做了一个梦，梦见郊外，开满蒲公英。阳光浅淡，一朵一朵盛开在空中，像开好的蒲公英。彭成飞站在一片蒲公英的花丛中，冲我笑，叫着我的小名：小蕊，小蕊。

我花苞苞一样的心，在那个初冬，幽幽地，一点一点绽开。

这个外省来的青年，仿佛从天而降

小镇终日无新闻。所以，一点的小事，都可能成为新闻。

何况是关于彭成飞的呢？这个外省来的青年，仿佛从天而降。他整日一袭白衣的打扮；他细长的眉毛；他像糯米一样的口音；他大刀阔斧改装了他姑姑的老房子，把它装修得像个水晶球……这一切，无不成了小镇人茶余饭后的谈资。

我的父亲，阴沉着一张脸，坐在理发店里。自从彭成飞到来后，他理发店的生意，越发地凋落下来。来理发的，只剩下一些老主顾，年轻一代的，都被彭成飞吸引去了。彭成飞在小镇上开了首家发廊，彩色的字打出的广告语，牵人魂魄——美丽，从头开始。

小镇上的女孩，开始蝶恋花似的，往彭成飞那儿飞，她们恨不得一天一个发型。她们兴奋地讨论着彭成飞的种种，艺校毕业的呢，声音多绵软啊，眼睛多好看啊，手指抚在发上，多温柔啊……更让她们兴奋的是，他还不曾谈对象。有女孩开始为他失眠。

我每天，都从彭成飞的发廊门口过。我用七步走过去，再用七步走过来，七步的距离，我走过他门前。

彭成飞在忙碌，他微侧着脸，细长的眉毛，飞着，脸上在笑。他给顾客做头发，十指修长，洁净得很好看。他的姑姑——一个上了年纪的老妇人，偶尔在店里坐。他就一边帮客人做头发，一边跟她说话。他的声音，听上去，真软，软得让人想伸手握住。

有时，店里面会传出音乐声，流水一样地流出来。一段时期，他喜欢放萨克斯的《回家》，千转万回。我听得每个音符都会哼了，彭成飞对我，却还是陌生着。他不知道，他的门前，每日里走着一个女孩，那个女孩花苞苞一样的心，虔诚地朝向他，一点一点，幽幽绽放。

我从没踏进彭成飞的发廊一步。十六岁的这个初冬，我开始学会伪装，每次路过他门口，我都装作若无其事地走着自己的路。一步，一步，一直走完七步。我脑后的马尾巴，一蹦一跳。

只有记取了死亡，才真正懂得，
活着，是一件多么幸运与幸福的事。

因为热爱，才有满足。因为满足，才有幸福。

我要穿着小红靴，从白雪地里，走向他

同桌阿水，拨弄着一头细碎的黄发，问我她理什么样的发型才好看时，季节已到深冬了。

我陪着阿水去理发。我知道阿水，其实是想去看彭成飞。

彭成飞看看阿水，看看我，问，你们两个都理发吗？

阿水拼命点头，复又摇头，她慌张得全晕了头了，眼睛只顾盯着彭成飞看，一句话也说不出。

我脸红红地说，我不理发，她理。

彭成飞细细的眉毛向上飞起来，他笑了。他问，你们还是学生吧？又对着我看，说，你的头发发质很好，如果理个碎发，会很好看的。

阿水扯我的衣襟，那么，小蕊，你也理吧？

我回，不。彭成飞就又笑了，他让阿水坐到理发椅上，他修长的指，轻轻抚过她的发。阿水仰了头问，我理什么发型好看呢？彭成飞说，你放心，我会让你满意的。阿水听了，就很乖巧地笑。

彭成飞一边帮阿水理发，一边跟阿水聊天。阿水竹筒倒豆子似的，恨不得把所有的都告诉彭成飞。她说她十六岁了，过了年就十七岁了。她说她和我同桌，读高一。她说她叫林阿

水，我叫秦蕊。阿水说到我的名字时，彭成飞抬头看了我一眼，冲我笑了一下，说，很好听的名字啊。

又聊到功课念得怎么样。阿水不好意思地说，我们都念得一般般啦。彭成飞哦了声，说，要好好念书呀，争取考个好大学呀。

我转过脸去，看墙上的画。画只一幅，白雪的大地上，一穿红靴的女子，披一头浓密的黑发，黑发瀑布一样地，倾泻。白与红与黑，色彩对比强烈，美得惊心动魄。

阿水的发理好了，可爱的童花头。相貌平平的阿水，看上去，漂亮极了。彭成飞看着镜子里的阿水，问阿水，满意吗？阿水迭声答，满意满意。

回去的路上，阿水兴奋得呱呱呱，每句话里，蹦出的都是彭成飞。我听得漫不经心，我想的是，我要留长发，我要攒钱买一双小红靴。我要穿着小红靴，从白雪地里，走向他。

穿过我的黑发你的手

一年的时间，我的发，已长至腰部。黑而亮，瀑布般的。

父亲看不惯我的长头发。他的剪刀，几次要落到我的发上，都被我拼死护住。

我把长发，细心地编成两条小辫子。我只想，为一个人抖落。

186

我还穿棉布的衣、棉布的鞋，走在窄窄的街道上，走过彭成飞的发廊前。一步，一步，走过去七步，走过来，依然七步。七步的距离里，我装作若无其事，心却渴盼得憔悴，我多想他能朝外望一眼，望见走过他门前的那个女孩，花苞苞一样的心，虔诚地朝着他，幽幽地，一点一点绽放。

然他一次也没有看过我，哪怕蜻蜓点水式的也没有。

这期间，我又陪阿水去过两次彭成飞的发廊。彭成飞每次都陌生地看着我们，笑问，你们两个都理发吗？

阿水叫，我是阿水啊，上次到你这儿来理过发的。

彭成飞就低了头想，嘴里疑惑，阿水？

阿水又拖过我去，这是秦蕊啊，上次也是我们两个一起来的。

彭成飞"哦"一声，扫我一眼，笑，你这名字很好听。

我脸红了，掉头去看墙上画。那幅画还在，穿小红靴的女人，站在雪地里，一头的黑发如瀑。

理完发出来，阿水表现得很伤心，阿水说，人家一点也记不住咱们。

那个冬天奇冷，却不下雪。

寒假很快到来。雪终于在小镇上空飘得像模像样了，只一盏茶的工夫，外面的世界，已一片银白。我拿出新买的小红靴，穿上。正在炉上煮萝卜汤的母亲，抬头看我一眼，说，不是要留着过年穿的吗？我撒谎，张老师约我去她家呢。我说的张老师，母亲知道，就住在小镇上。母亲没再说什么，我很顺利地出了门。

我出门的第一件事，就是解散了我的两条小辫子，我的黑发，如瀑地披下来。我走在雪地里，脚上的小红靴，像两朵开放的花。有路人说，这姑娘的红靴子，多漂亮啊。我笑，心里说，这可是我积攒了一年多的零花钱买的呢。

我一步一步，走向彭成飞。像雪地里的一只红狐狸。

我远远看到的却是，彭成飞和一个眉眼盈盈的女孩子，正在发廊门前堆雪人。

我还是，走了过去，径直走到彭成飞跟前，我说，我要理发。

彭成飞讶异地看着我，说，好。他转身关照那个女孩，新雅，等我一下，我一会儿就好的。女孩子点头，冲我笑，说，这么长的头发，怎么舍得剪掉？

彭成飞这才注意地看了看我，犹豫地站住问，这么长的头发，你舍得剪掉吗？

我坐到理发椅上，我说，给我理个碎发吧。彭成飞说，好。他修长的指，终于落到我的发上面，指尖微凉，穿过我黑黑的发。

我的发，一绺一绺，委身地上。我听见彭成飞在笑问，你叫什么名字？

我答，秦蕊。

属于我的如花年华，才刚刚开始

新年过后，我十八岁了，我开始用功读书。父亲喜得不住唠叨，小蕊，你如果考上大学，家里就是砸锅卖铁，也让你去念。父亲的理发生意，越发的萧条了，他不得不做点其他生意，摆小摊儿，卖臭豆腐。

彭成飞依然是小镇的一道风景，他恋爱了，他快结婚了。他的姑姑无儿无女，祖上的家产，悉数给了他。

我每天还从彭成飞门前过，七步走过来，七步走过去。我的心，疼着，却坚韧着，我要做优秀的女孩，优秀得让彭成飞，某一天会后悔，后悔他当初错失了我。

我如愿地考上了大学。

这个时候，彭成飞却宣布结婚。发廊门口，挂上了大红的灯笼，贴着大红的喜字。

小镇上的紫薇树，又开一树一树的花，开得密密匝匝。数不清的疼痛的心事。我整天歪在家里的旧沙发上看书，父亲都看不下去了，父亲说，小蕊，你咋不出去找同学玩玩？我答，我喜欢待家里。

我离开小镇，是在九月的一个清晨，彭成飞发廊的门，还未开。我轻轻走过他门前，我的身后，是帮我拖着行李的父亲，父亲说，小蕊，在外要好好照顾自己呀，陌生人跟你说话，你不要搭腔。

我回头，拥抱了父亲。

小镇渐渐地，落在我的身后。彭成飞渐渐地，离我远了。

大学里，我快忘了彭成飞时，突然于一群男生中，听到一口糯米腔，我的心，很疼地跳了一下，我想起说一口糯米腔的彭成飞。宿舍的灯下，我给他写了生平第一封也是最后一封信，我说，彭成飞，我曾虔诚地喜欢过你。你的手，曾穿过我长长的黑发。

我没有署名，也没有落地址。那是我青涩年代的一个秘密，它抵达了它该抵达的地方。我突然轻松起来，我笑着答应了一个男孩的约会。属于我的如花年华，才刚刚开始。

第五辑
爱如山路十八弯

山路十八弯，通向的，原来是一个叫爱的地方。

爱与哀愁

世上的道理，原都是这么简单，无论是爱物，还是爱人，都要有所节制。

我养过两条小金鱼，一红一白，像两朵小花，在水里开。

为这两条小金鱼，我特地买了一只漂亮的鱼缸。还不辞十来里，去城郊的河里，捞得鲜嫩的水草几根，放进鱼缸里。

专买的鱼食，搁在随手可取的地方。一有闲暇，我就伏在鱼缸前，一边给它们喂食，一边不错眼地看它们。它们的红身子白身子，穿行于绿绿的水草间，如善舞的伶人，长袖飘飘，煞是动人。

某天清晨，我起床去看它们，却发现它们翻着肚皮，死了。鱼缸静穆，水草静穆。我难过了很久。朋友得知，笑我，"它们是被你的爱害死的。"原来，给鱼喂食不能太勤，太勤了，会撑死它们。怅然。从此，不再养鱼。

我亦养过一盆名贵的花，叫剑兰。花朵橘红，叶柄如剑。装它的盆子也好看，奶白的底子上，拓印一朵秀气的兰花。一眼看中，目光再难他移。兴冲冲把它捧回家，当珍宝似的呵护着，日日勤浇水。不几日，花竟萎了，先是花苞儿未开先谢，后是叶片儿一点一点发黄、卷起，直至整棵植株腐烂掉。伤心不已，不明白，我这么爱它啊！还是朋友一语道破天机，"你浇水浇得太勤了，花给淹死了。"

自此，我亦不再养花。自知自己是个无法把握爱的尺度的人，爱有几分，哀愁就有几分。如同年轻时的一场爱恋。

那时，我满心里装着那个人。吃饭时，想他爱吃的。买衣时，想他爱穿的。天冷了，怕他冻着。下雨了，怕他淋着。路上偶尔看到一朵花开，也想着他，恨不得采了带给他。相处的过程，却不全是欢愉，他常常眉头紧锁，充满忧伤地望着我。那么近，又那么远，仿佛隔着山隔着水。我心里有不好的预感，只以为自己做得不够好，所以，更加倍对他好。到最后，他还是提出分手，分手的理由竟是，你太好了，我怕辜负。

爱一个人，原是爱到七分就够了，还有三分要留着爱自己。爱太满了，对他而言不是幸福，而是负担。这是经年之后，我才明白的道理。

我想起一个母亲。她结婚好几年，却一直没怀上。后来，她多方求医，终得一子。对那孩子自是宠爱有加，真正是含在嘴里怕化了，捧在手上怕跌了。就这样，那孩子一路被宠溺着

194

长大，二十大几的人了，还是衣来伸手、饭来张口，整天不学无术。一不高兴，就对他母亲非骂即打。一天，他又伸手找母亲要钱，母亲没给，他动了怒，竟勒令母亲跪在地板上，一跪大半夜。一贯木讷的父亲，被激怒了，终于忍无可忍，趁儿子熟睡，一锤砸死儿子。警务室里，他的母亲哭得肝肠寸断，语无伦次说："作孽啊，作孽啊。"

为她痛惜，一个原本天真如雪的孩子，毁了。还有她，和她忠厚的男人，这辈子的伤痛，谁能疗治？

世上的道理，原都是这么简单，无论是爱物，还是爱人，都要有所节制。月满则亏，水满则溢，有时，太多的爱不是爱，而是巨大的伤害。

幸福的石榴

失去的已失去了，再伤心也挽回不了，还不如收起伤心，重新来过。

傍晚下班，天突然下起雨来。秋天的雨，一下起来就没完没了。我站在雨里打车，车极难打，从我跟前过去了一辆接一辆，里面全载着人。

好不容易等到一辆空车驶过来，我几乎一路小跑着冲过去。司机摇下车窗，一张中年男人的脸探出来，看着我，问，去哪里？我说了地址。他为难起来，说，不顺道啊。我急了，我说我给双倍的钱。他还在为难，说，不是钱不钱的问题。但看我被雨淋着，他似乎动了恻隐的心，打开车门，让我上了车。

我甫一坐稳，就有些歉疚地问他，你要接人？

他笑笑摇摇头，啊，不，我是要收工回家。你要去的地方，与我家的方向刚好相反，我送你的话，来回得开很长的路呢。

我纳闷了，你每天都是这么早就收工吗？这下雨天，生意多好啊。

是啊，一到下雨天，我们多赚个几百块不成问题的。但我今天答应了我老婆和女儿，一定赶在六点之前回家的。

今天是我女儿生日，五岁生日。我女儿已经五岁喽，他告诉我。粗线条的五官，变得柔软起来。他开始滔滔不绝地跟我说起她的女儿，五岁的小人，会唱好多儿歌，会背好多首唐诗，还会画画儿。还会跟他甜言蜜语，说长大了要赚钱给他用。

呵呵，他笑。浑身洋溢着那种叫幸福的东西。

也只是寻常之家，老婆在一家玩具厂打工，手巧，家里的零碎，都拾掇成女儿的玩具了。这让他很是自豪。我女儿的玩具，从来不用花钱买，他说。老婆又做得一手好饭菜，每天不管他多晚回家，总有一桌热热的饭菜在等着他。

你说人这一生求个啥呀，不就是求个温暖相守嘛。他的话，让我心头微微发热。

也有过坎坷与磨难，儿子都长到十岁了，一次车祸，却要了儿子的命。他和老婆两个人，沉沦了两年多。那段日子，他们啥事也做不成，光顾着痛苦了。后来他想，一辈子还长，不能总活在阴影里，那太亏了，失去的已失去了，再伤心也挽回不了，还不如收起伤心，重新来过。

不久，他们有了小女儿，一个家，又完整了。

就现在这样，我已经很满足了，他说。

车子这时驶过一个广场。广场边上，一溜排开的雨篷下，摆着水果摊。他突然摇下车窗，看了看，回头问我，我可以停一下车吗？我想下去买点水果。

我说当然可以。他很高兴地谢了我，下车去了。不一会儿，他举着两个胖乎乎的石榴回来，笑着问我，你见过这么大的石榴吗？

两只石榴，像两个笑哈哈的胖娃娃，真的是又大又可爱。我表示了惊奇。他很开心，把两只石榴小心地搁车座旁，说，我也是第一次看见这么大的石榴呢，我老婆和女儿见到了，一定欢喜。

我笑了。我仿佛看到这样一幅和美图：橘色的灯光。热热的饭菜。两只胖乎乎的石榴。围桌而坐的三张笑脸，花朵一样盛开着。一个家不大富，亦不大贵，可是，安乐、温馨、祥和。

后来，我经常会想起那样的画面，想起那两只幸福的石榴。很多寻常的日子，也就有了不一样的温度。

爱，是等不得的

只不过一日之隔，他的爱，就再也送不出去了。

他是母亲一手带大的。

他的母亲与别人的母亲不太一样。他的母亲因患侏儒症，身材异常矮小。

他的父亲——一个老实巴交的泥瓦匠，家徒四壁，等到40岁才娶了他母亲。一年后，他出生了，白白胖胖，像一轮满月，把父母卑微的心，照得亮堂堂的。父母的日子，因他的到来，有了奔头。

他6岁那年，父亲去帮邻居家盖房，从房梁上摔下来，掉下的一根横梁，刚好砸到父亲身上。那时，他正在不远处的土路上，逗着一只蟋蟀玩。从此，他没了父亲。

矮小的母亲，一个人拉扯着他，吃尽苦头。夜幕四合，母亲还未归。一大清早，母亲就背着一背篓的绣花鞋垫，去集市上卖。那些鞋垫，是母亲坐在灯下，一针一线绣的。母亲靠卖鞋垫贴补家用。他坐在门前的矮凳上数星星，等母亲。矮小的母亲是他的天。他对母亲说："等我长大了，我一定报答你。"

母亲笑了，笑出泪来，问他："怎么报答呢？"他说："我给你买一屋子的好东西吃，我给你买一屋子的好衣裳穿。"母亲把他搂到怀里，搂得紧紧的，母亲说："吃的妈不要，穿的妈也不要，等你长大了，带妈坐一回飞机吧。"

乡野广阔，狗尾巴草和车前子长满沟渠，母亲在割草。他欢快地喊："妈妈，我比你高了！"是的，他才八九岁的人，个头已超过矮小的母亲了。头顶上突然响起飞机的声音，母亲抬起头看，他也抬起头看。空中的飞机有点像他见过的花喜鹊。"花喜鹊"飞远了，看不见了，母亲这才收回目光。母亲说："这都是有本事的人坐的。有本事的人坐了飞机，到很远的地方去。"他问："很远的地方是什么样的？"母亲也没去过很远的地方，母亲就想象，"有很多很多的高楼，高楼里的桌子、椅子，都漂亮得不得了。"他郑重地向母亲承诺："以后我要做有本事的人，带你坐飞机，到很远的地方去看高楼。"

他一天天长大，一路念书，把书念到城里，真的成了有本事的人。他住进了母亲曾描绘过的高楼里，高楼里有漂亮的桌子、椅子。他也常常乘像花喜鹊一样的飞机，南来北往。母亲对他崇拜不已，母亲问："你真的坐飞机了？"他淡淡地说："嗯。""坐飞机像不像坐船，会不会晕？"母亲充满好奇。

他觉得母亲好笑。一低头，他瞥见母亲头上的白发，一撮一撮的。永远像儿童一般矮小的母亲，原来也会老的。他的心一软，说："妈，等我有空了，我带你去坐飞机。"母亲低头笑，笑得很不好意思，"不坐不坐，我都这么老了，坐飞机干什么啊？"他蹲下身子看母亲，认真地说："我一定带你去坐。"母亲没再说什么，但神情，很喜悦。

他也终于抽出空来，订好机票，打电话告诉母亲，要带她去坐飞机。母亲激动得逢人便告："我儿要带我去坐飞机了。"她还特地扯了布，做了一身新衣裳。

他回去接母亲，半路上突然接到上司的电话。上司说公司来了一个重要客户，问他是否有空陪着一起吃饭。他只犹豫了几秒钟，就回："没问题。"他想，飞机票可以重签，母亲晚一天出行也无妨。

然而这天晚上，母亲却意外摔倒了。摔倒之后，母亲还神志清醒，跟一旁的人说："我儿要带我去坐飞机呢。"可渐渐地，就不行了。第二天凌晨，母亲没等到他赶到，咽下最后一口气。

他跪到母亲跟前，恸哭不已。只不过一日之隔，他的爱，就再也送不出去了。

吊在井桶里的苹果

每次回家，跟母亲有唠不完的家长里短，一些私密的话，也只愿跟母亲说。跟父亲，三言两语就冷了场。

有一句话讲，女儿是父亲前世的情人。说的是做女儿的，特别亲父亲。而做父亲的，特别疼女儿。那讲的应该是女儿家小时候的事。

我小时候，也亲父亲。不但亲，还瞎崇拜，把父亲当作举世无双的英雄一样崇拜着。那个时候的口头禅是，我爸怎样怎样。因拥有了那个爸，仿佛就拥了全世界。

母亲还曾嫉妒过我对父亲的那种亲。有一件事我印象深刻，那天，下雨，一家人坐着。父亲在修整二胡，母亲在纳鞋底，一家人闲闲地说着话，就聊到我长大后的事。母亲问，你以后长大了、有钱了，买好东西给谁吃？我几乎不假思索脱口而出，给爸吃。母亲又问，那妈妈呢？我指着在一旁玩耍的小弟弟对母亲说，让弟弟给你买去。哪知小弟弟是跟着我走的，也嚷着说要买给父亲吃。母亲的脸就挂不住了，叨叨地说些气话，继而竟抹起泪来，说白养了我这个女儿。父亲在一边讪讪笑，说小孩子懂个啥。语气里，却透着说不出的得意。

待得我真的长大了，却与父亲疏远了去。每次回家，跟母亲有唠不完的家长里短，一些私密的话，也只愿跟母亲说。跟父亲，三言两语就冷了场。他不善于表达，我亦不耐烦去问，有什么事情，问问母亲就可以了。

也有礼物带回，却少有父亲的。都是买给母亲的，好看的衣裳、鞋袜和首饰。感觉上，父亲是不要装扮的，成天一身灰色或白色的衬衫，蓝色的裤子。偶尔有那么一次，我的学校里开运动会，每个老师发一件白色 T 恤。因我极少穿 T 恤，就挑一件男款的，本想给家里那个人穿的，但那个人嫌大，也不喜欢那质地。回老家时，我就顺手把它塞进包里面，带给父亲。

我永远忘不了父亲接衣时的惊喜，那是猝然间遭遇的意外，他脸上先是惊愕，继而拿衣的手开始颤抖，不知怎样摆弄了才好。呵呵呵傻乐半天，才平静下来，问，怎么想到给爸买衣裳的？

原来父亲一直是落寞的啊，我却忽略他太久太久。

这之后，父亲的话明显多起来。他乐呵呵的，穿着我带给他的那件 T 恤，在村子乱晃，给这个看，给那个看。他也三天两头打了电话给我，闲闲地说些话，在要挂电话前，好像是漫不经意地说上这么一句，你有空的话，就回家看看啊。我也就漫不经意地应上一句，好啊。却未曾真的实施过。

暑假快到了，我又接到父亲的电话，父亲在电话里很兴奋地说，家里的苹果树结很多苹果了，你最喜欢吃苹果的，回家吃吧，保你吃个够。我当时正接了一批杂志约稿在手上写，心不在焉地回他，好啊，有空我会回去的。父亲"哦"一声，兴奋的语调立即低了下去，父亲说，那，你记得早点回来啊。我"嗯啊"地答应着，把电话挂了。

一晃半个月过去了，我完全忘了答应父亲回家的事。深夜，姐姐突然有电话至，闲聊两句，姐姐忽然问，爸说你回家的，你怎么一直没回来？我问，家里有什么事吗？姐姐说，也没什么事，就是爸一直在等你回家吃苹果的。

我在电话里就笑了，我说爸也真是的，街上不是有苹果卖吗？一箱苹果也不过几十块。姐姐说，那不一样，爸特地挑了几十个大苹果，留给你，怕坏掉，就用井桶吊着，天天放井里面给凉着呢。

心被什么猛地撞击了一把，我只重复地说，爸也真是的，爸也真是的。就再也说不出其他的话来。一个夜，都因那吊在井桶里的苹果，而变得湿润了起来。

老了说爱你

寻常日子，聚少离多，心里面有牵挂，见了面，却没有过多的温情。

婆婆是公公用独轮车娶回家的。

我见过那架独轮车，放在堆杂物的屋子里，灰头灰脸，埋在一堆杂物中。公公几次要把它劈了当柴火烧，都被婆婆拦下了。婆婆如花的年华，刻在上头，哪一次回忆起来，不是唏嘘半天的？

是父母之命、媒妁之言，两个不曾见过面的青年男女，定下亲事。迎娶日那天，公公推着独轮车，来接婆婆。婆婆大哭着不肯上独轮车，她设想过婚礼的种种，却没想到，原来是这样的简陋与不堪。一路之上，独轮车吱吱呀呀，婆婆的一颗心，被碾得七零八落。

穷家里，家徒四壁。新媳妇第一顿饭就犯了愁，拿碗去米缸里舀米，米缸里空空如也。她只好提着篮子去野地里挖野菜，才出门，眼里的一泡泪，落得缤纷。可嫁鸡随鸡、嫁狗随狗，这日子，总得过下去。

很快有了孩子，一个接一个。五个孩子，一字排开，五张小嘴，朝着婆婆要饭吃。上个世纪六十年代，地里面长出的杂草，远比庄稼多。公公说，还是我出外找生路吧。哪里找？海里面找。家的东边，就是大海，海里面有鱼有虾。公公跟了一帮渔民上船，东漂西泊，历尽风浪。这一漂泊，就漂泊了大半辈子。

一个家，全靠婆婆支撑了。她推着独轮车，带上两个最小的孩子，去荒地里割草挣口粮。心里记挂着海上作业的公公，一听到海里面死了人，那心，就提到嗓子眼上。人疯了般地跑。跑哪里去呢？不知道。只知道东边是大海，就往海边跑。半路上，遇到公公回归，公公骂，你慌什么慌？婆婆腿一软，跪倒在地，哭叫一声，吓死我了。

寻常日子，聚少离多，心里面有牵挂，见了面，却没有过多的温情。都是不善言语表达的人，又都是急性子，这一个的心思，那一个不明白。那一个的心思，这一个糊涂着。所以见了面，两人常常三句话不投扣，就吵得鸡飞狗跳的。吵得最厉害的时候，闹过离婚。

不知不觉，儿女们都大了。不知不觉，当年坐着独轮车出嫁的婆婆，已银丝满头。五十多年的婚姻，半辈子的聚散离合，到这时，归于宁静。老了的两个人，谁也离不开谁了，一个才出门不久，另一个就满屋子找。常看到这样的景象：两个鬓发皆白的老人，一前一后走在大街上，一般是公公走在前面，婆婆在后面跟着。阳光静静洒落在他们中间，小鱼般地跳跃着。

两个人亦有着说不完的话，躺着说，坐着说，走着说，甚至在饭桌上，也还在说。说的无非是街头巷尾一些芝麻蒜皮的小事儿，昨天说过的，今天他们还拿出来说，百说不厌。一次，说话之间，公公夹了一筷子菜放到婆婆碗里，是婆婆爱吃的炒鸡蛋。婆婆先是一愣，脸继而红了，她不好意思地左右看看我们，佯嗔道，谁要你搛啊？但筷子却早已将那菜夹起，送到嘴里。嘴边的皱纹，跟着水波样地漾开来。

傍晚没事的时候，他们一前一后倚到阳台上看天，一看大半天。天有什么可看的呢？这让我奇怪。我撞了去，听到婆婆轻声在说，起风了。公公轻声应道，是啊，起风了。婆婆接着说，你听，那风吹的。我好笑地循了婆婆所说的方向去看，并没有看到起风的迹象。但公公却接了婆婆的话说，是啊，那风吹的。两个人脸上，都挂着一团的笑。

过量的爱

世上之事，原都存着两极，物极必反。对爱来说，亦如此。

朋友的儿子染上毒瘾，先是偷偷吸，把开得好好的一家私营超市，吸光了。后来，明目张胆地吸，伸手问朋友要钱，一次又一次。不给钱就在家里发脾气、砸东西，最后甚至发展到动刀子……一贯处事不惊的朋友，在我面前号啕大哭，他说，我恨不得与他同归于尽。

我的眼前，浮现出他儿子小时候的样子：圆嘟嘟的小脸蛋，饱满得像颗蜜桃。大眼睛，双眼皮，睫毛长而卷曲。见到他的人，没有不伸手摸摸他的，都觉得这孩子长得实在太可爱太漂亮了。

也聪明，三岁就能对着电视屏幕，把一首流行歌曲，一字不落地踩着节拍唱下来。唐诗教上两遍，他就能背下来。手上成天不离一根小棍子，模仿着电视剧里的大侠们，嘴里呼呼有声地舞动着。

那时候，我和朋友一家同在一个大院子住。朋友是做生意的，那会儿生意刚起步，四处举债，日子过得很有些拮据。然朋友从没亏待过这个儿子，衣帽鞋袜都买名牌的，玩具也是儿子想要就给买的。牛奶鸡蛋等营养品，没一样落下。用朋友的话说，一生就这么一个小子，要富养。

夏天的晚上，我们一起坐在大院子里纳凉，朋友的儿子舞着他的小棍子，追扑流萤，像只活泼的追风的小猫。我们远远看着这孩子，预言着他的将来。将来，这孩子说不定能成为大明星呢，演电影，拍广告，出唱片，人气高得不行。朋友不屑，说，我才不要他做明星，我要他做大老板、开大公司。我们就开玩笑说，真是的呢，那他后面还不迷倒一帮女孩子。

几年后，我离开大院子，调到别的地方工作，与朋友一家断了联系。再见面，已是十多年后，当年的小小孩，已长成俊美青年。路却走得一波三折，对读书不上心，初中没毕业，就闹着回家了。这时，朋友的生意，已做得风生水起。儿子不喜读书，他默认了，想着凭他赚下的千万家私，让儿子将来衣食无忧，总是绰绰有余的。他这一放任，儿子便像脱了缰绳的野马，任由着自己的性子，一路横冲直撞了起来，成天跟一帮社会小混混混到一起。

十八岁的成人礼，这孩子得到一辆跑车和一幢别墅，从此，他更是挥金如土，常出入高档酒楼和浴城。朋友有了隐隐的担忧，出资给儿子开了一家大型超市，交给儿子打理。想着儿子有事可做，总不至于去走歪路。可脱缰久了的野马，哪里拉得回头？儿子最终走上吸毒之路，好好的一个人，弄得人不像人鬼不像鬼了。

世上之事，原都存着两极，物极必反。对爱来说，亦如此。爱过量了，不是爱，而是毒。

布列瑟农的忧伤

但愿所有的灵魂，不再流浪。

这些天，我一直在听《布列瑟农》，马修·连恩演唱的。

这是一首关于家园关于流浪的歌。它的背景是：1992 年，加拿大某些地方政府施行了一项名为"驯鹿增量"的计划，为达到目的，必须大量捕杀狼群。布列瑟农，那个安静的小村庄，那个生长着温暖记忆的地方，顷刻间泊满离别的忧伤。

一定是秋冬季节。远山，树木，人家的房屋，应该还有尖顶的教堂。其时，夕阳正落，阳光的影子，一点一点斜了。薄雾罩下来。星星们开始亮了。清风吹来晚钟的声音。落叶的味道，寂寥而温暖。流浪的生命——人，或者狼，此刻，就站在那片温暖的天空下，那片它们热爱的土地上，做深情回眸："我站在布列瑟农的夜色里 / 满天的星星在天上闪耀 / 远在布雷纳的你 / 是不是也能看到它们的眼睛……"

整首《布列瑟农》，曲调深沉，有着厚重的忧伤，像刚刚落下一场浓烈的雾。又像深秋里飘过一场雨，一日一日下着，让人望不到头。别了，亲爱的家园。别了，我的爱。"流云从我的身边飘飞而去／那一轮月亮正在升起／所有的星星我都留在身后／如钻石般点缀你的夜空。"马修·连恩忧郁的嗓音，舒缓而低沉，把这首曲子演绎得湿漉漉的。

不忍看那个回眸：光秃的树丫，我爱你。沉默的山冈，我爱你。尖顶的教堂，我爱你。哪怕是人家屋顶上的一缕炊烟，也爱，也爱的。迟缓的脚步，该迈向何处？

一个听过这首歌的女孩告诉我，她现在最怕听到火车声，一听到火车声，就想起这首《布列瑟农》来，就想落泪。她落泪，是因为爱着的人，坐了火车去远方。她在等他回家。

并不替这个女孩感到悲伤。有爱守着，她的那个人，想来不会迷路。怕只怕，一别之后，从此魂断梦也断。就像布列瑟农天空下那群流浪的狼。

我想起一个朋友来，朋友因做生意亏了，远到大西北去挣钱。走的时候，是怀了绝望的心的——亲情淡泊，友情疏离，家乡再没有温暖可依。他几乎是以一种逃离的姿势离开的。但在那个大草原深处，在那些月色浓酽得能让人醉倒的夜晚，他辗转反侧地遥想的，还是家乡。一日，他终忍不住想念，在静夜里，给我打来了电话。一分钟，十块钱，他亦是不在意。他说，他要听听我的声音，听听故土的声音。原来，千万遍阳关走尽，最思念的，还是那个家园。无论对于人来说，还是对于狼来说，家园，才是灵魂最后皈依的地方。

　　但愿我们都能回到自己梦中的布列瑟农。但愿所有的灵魂，不再流浪。

和父亲合影

我与他，就这么，在岁月里疏离着。

父亲在 32 岁上，照过一张小照。在上海城隍庙照的。二寸，黑白的。父亲当时是送姐姐去上海看腿的。6 岁的姐姐，腿被滚水严重烫伤，整日整夜地哭。父亲的心被折磨得七零八落。在姐姐的腿伤稍稍好转了之后，从不迷信的父亲，竟跑去城隍庙，想给姐姐买一个护身符。

父亲最终在城隍庙买没买到护身符，我不得而知。但父亲却留下一张小照，是那些年里，他唯一拍过的照片。

小照被带回来，村里人听闻（那时拍照还是稀罕事），都聚到我家，一屋子的人争相传看，都说到底是大上海啊，拍的照片就是好。照片上的父亲，气宇轩昂，脸上虽挂着淡的忧伤，却挡不住风华正茂的英气。多年之后，我再看父亲那张小照，发现年轻的父亲，长得特像电影演员赵丹。而这时的父亲，正倚在家里的沙发上打瞌睡，衰老得似一口老钟。

记忆中的父亲，是没这么老的，是永远的 32 岁的风流倜傥。在一大帮大字不识一个的乡人们里头，父亲很有些鹤立鸡群的样子。他不但断文识字，吹拉弹唱，也是无所不会。那时，我们兄妹几个，喜欢围了父亲转，看风吹过父亲挺拔的身影。喜欢听父亲拉二胡、吹口琴、哼《拔根芦柴花》的小调。喜欢看父亲挥毫泼墨，村子里家家户户的门上，贴的都是父亲手书的对联。这样的父亲，在我们的眼里，是举世无双的。

我上学了，成绩不错。父亲跟人说，只这个女儿，是他的翻版。但父亲从未指导过我学习。只一次，我伏在小凳子上，用红红绿绿的粉笔画人，把人涂得五颜六色。父亲走过来，俯下身子看我画人，看了一会儿，他握住我的手，替我帮人加上耳朵。又揩掉那些五颜六色，给人穿上中山装，浅褐色的。我对着看，竟发觉画中人，有些像镜框中小照上的父亲了。我又是惊异又是自豪，我爸原来还会画照片上的人呀。

我渐渐长大，对父亲的崇拜渐渐少了去，直至无。我眼中的父亲，与其他庸常的父亲没什么两样，他抽难闻的水烟。爱吃大葱和大蒜。手指甲里淤着黑泥，他用那样的手，把玉米饼掰开，一块一块送到嘴里去。及至我工作了，父亲来城里看我，当着一帮我的同事，把大厦的"厦"读成夏天的"夏"，我羞红了脸纠正。父亲讪讪笑，再读，还是读成"夏"。我只有默默摇头。

父亲老了，很多的病缠上身。最严重的是脊椎病，发作时，压迫得他双腿不能走路。这时的父亲，无助得像个小孩，被我接进城里来看病，完全听任我的"摆布"，神情落寞。

我也不曾介意。那日，我和几个朋友外出游玩归来，心情大好。我翻看着相机里的照片，随口对坐在沙发上眯着眼打盹的父亲说，爸，我们俩好像还没拍过合照呢，要不，来一张？父亲一下子睁开眼，脸上呈现出惊喜，他不相信地问我，就我们两个拍？我说，啊，就我们两个。父亲突然羞涩起来，他问，你不嫌爸爸老吧？

我像被什么猛击了一下。我嫌过他老吗？貌似没有。可事实上，我是在嫌弃。我不耐烦听他说话。我极少再坐到他身边，握握他的手。我不知他又添了几道皱纹，白了几根头发。我与他，就这么，在岁月里疏离着。

父亲没有一点怪我的意思，他很高兴能和我合影，他说，一定要把照片带回家，给村子里的人看看。他很仔细地理好头发，理顺衣衫，靠到我的身边来，对着相机镜头，认真地摆好姿势。我搂着父亲的肩，我说，爸，来，一二三，我们一齐笑。

合影我洗了两张，一张给了父亲，一张留给我自己。所有见过这张照片的人都说，你和你爸长得太像了，笑得一模一样。

失去的已失去了，再伤心也挽回不了，
还不如收起伤心，重新来过。

但愿我们都能回到自己梦中的布列瑟农。

但愿所有的灵魂，不再流浪。

爱，踩着云朵来

因为她是母亲，所以，她的爱能踩着云朵来。

父亲说，你妈现在不中用了，在家门口都会迷路。母亲小声争辩道，是夜里黑，看不见嘛。

母亲去亲戚家做客，当夜搭了顺路车回来，车子停在离家半里路的河对岸，过了新修的桥，就到家了。可她却愣是找不着回家的路，稀里糊涂踏上了相反的路，越走离家越远，幸好遇到晚归的同村人，把她送回家。

母亲老了，这是不争的事实，她再也没有从前的利索和能干了。我看着母亲，百感交集，想起了多年前与她相关的一件事。

那年，我在外地上大学，第一次离家上百里，想家想得厉害，便写了一封家书。字里行间，都是浓稠的想念。母亲不识字，让父亲念给她听。她听完信，竟一刻也坐不住了，她决心坐车去学校看我。

那之前，母亲是从未出过远门的，大半辈子只圈在她那一亩三分地里。可她决心已下，任谁也阻拦不了。她去地里拔了我爱吃的萝卜，烙了我爱吃的糯米饼，用雪菜烧了小鱼……临了，母亲又去问邻居大婶借了做客的衣——一件鲜艳的碎花绿外套。母亲考虑得很周到，她不想让在大学里念书的女儿丢脸。

左挎右捐的，母亲上路了。那时去我的学校，需要在中途转两次车。到了终点站还要走上十来里的路。我入学报到时，是父亲一路陪着的。我跟着父亲上车下车，穿街过巷，直转得我头晕，根本分不清东南西北，记不住来时路。

然而我大字不识一个的母亲，却准确无误地摸到我的学校。我清楚地记得，那是秋末的一天，黄昏降临了。风起，校园里的梧桐树，落下大片大片金黄的叶。最后一批雏菊，在秋风里，掏出最后一把热情，黄的脸蛋红的脸蛋，笑得满是皱褶。我在教室里看完书，正收拾东西准备回宿舍，一扭头，竟发现母亲站在窗外，冲着我笑。我以为是眼花了，揉揉眼，千真万确是母亲啊！她穿着鲜艳的碎花绿外套，头上扎着方格子三角巾。三角巾被风撩起，像只纸鸢。黄昏的余晖，在母亲身上镀一层橘粉，闪闪发光。她像是踩着云朵而来。

那日，我们的宿舍，过节一般的。女生们个个都有口福了，她们咬着我母亲带来的大萝卜，吃着小鱼，还有糯米饼，不住地说，阿姨，好吃，太好吃了。我母亲不大听得懂她们说的话，只拘谨地坐着，拘谨地笑着。那会儿，一定有风吹过一片庄稼地，母亲淳朴安然得犹如一棵庄稼。

至于一路之上，她是如何上车下车，又是如何七弯八拐，到达我们学校的，后来，又是如何在偌大的校园里，在那么多的教室中，一下子找到我的，这成了一个谜。

我曾问过母亲，母亲始终笑而不答。现在我想，这些问题根本无须答案，因为她是母亲，所以，她的爱能踩着云朵来。

《诗经》里的那些情事

那只叫相思的鸟儿，已找不到栖落的枝了。

单相思

"关关雎鸠，在河之洲。窈窕淑女，君子好逑。"这是我从小就会背的诗句，那时背得摇头晃脑，因它的朗朗上口。幼小的心，不懂，却觉得美。有大人开玩笑，这丫头聪明，都会背《诗经》了，做我家的媳妇儿好不好？我仰头脆脆地应，好。哪里知道，自己所背诵的诗里面，是一段刻骨的相思呢。

那应是一处天好地好人好的地方，雨水充足，物草丰美。天高云淡，雎鸠一唱一和地在河两岸叫着，叫得人的心，像吸足了水分的青草啊，轻轻一掐，就是满把的柔情。年轻男子，相遇到美丽的姑娘了。姑娘在干吗呢？姑娘正在河中央的陆地上采荇菜呢。隔着半条水域望过去，可以望见姑娘可爱的手臂，不停地左右舞动着，美丽的腰肢，也跟着扭动。年轻男子再也放不下这个姑娘了，"寤寐求之""寤寐思服"，白天夜里都在想着她啊。他辗转反侧地叹：悠哉悠哉。

我每每读到这里，都要笑出泪来。我想象着那样的夜晚：天黑得很深很深，星星在天上眨眼睛，四周俱寂。远远的，雎鸠的鸣叫传过来，搅得男子的心，更是如擂小鼓。他睡不着，他辗转反侧地长吁短叹，悠哉悠哉。意思是，想啊想啊想啊……长夜难度。他一定想得形削骨瘦的。那个被他相思的少女，多么幸福！

他后来，有没有娶到她？那好像不重要了，重要的是，《关雎》中，他留给我们的相思形象，足足打动了人类几千年。

《泽陂》中的小青年就更有意思了。应该是初夏的天，新蒲长出嫩叶来，池塘里的荷也婷婷。小青年在池塘边偶然碰见一位姑娘，姑娘长得真是高大健美啊，"有美一人，硕大且卷"，小青年只一眼，就再难相忘。于是相思了，而且不是一般的相思，"寤寐无为，涕泗滂沱"。你看你看，他无论醒着还是睡着，眼前都是姑娘的影子啊，他不知怎么办才好，伤心得一把鼻涕一把眼泪的。

现代人却难以怀上这样的单相思了，爱上谁，电话邮件短消息，轮番轰炸。恋情来得迅速，去得也迅速。今日结束，明日又重新披挂上阵。那只叫相思的鸟儿，已找不到栖落的枝了。让人惆怅，让人备怀念，《诗经》中的那些傻男人们，他们纯洁如白月光的单相思，成了温润心灵的一块琥珀。

热　恋

"青青子衿，悠悠我心。"这是《子衿》中守在城门楼下的女子，对爱的表白。意思是，你青色的衣领子，也绵绵地牵系着我的心啊。原来，爱上一个人，连他穿的衣，连他佩的饰物，都要爱的。她约了相爱的男子，到城门楼下相会。是约在月上柳梢头么？天还未黑呢，她可能就梳洗打扮好了，早早来到约会的地方。男子哪里知道她这么早就来了呢，自然没来，她于是焦急徘徊地等，一边想念着，一边跺着脚埋怨着："纵我不往，子宁不嗣音？"纵使我不去找你，你也该主动点儿呀，哪怕捎个口信给我也好啊。热恋中的人儿，一分一秒的分离，也觉漫长。所以她挑兮达兮，一日不见，如三月兮。让我们也跟着她着急，替她伸长了脖子眺望，那个穿青衣的男子，来了没？

《褰裳》中的小女子，就爱得更为火辣了，如一锅四川麻辣汤，轻抿一口，那热辣，就直逼人的心窝窝。她把约会的地点，放在一条河边，她站在河这边等着，不知什么缘故，约会中的男子，迟迟没来。河水缓缓地流着，她一边眺望着河水，

222

一边在心里发着狠："子不我思，岂无他人？狂童之狂也且！"那意思是，本姑娘漂亮着呢，你不爱我想念我，难道就没有他人么？爱我的人排着队候着呢，你这个大傻瓜！每读至此，我都忍不住大笑，这实在是个泼辣可爱的姑娘，如一朵野玫瑰，一朝绽开，那芳香就不管不顾地倾溢出来。

《采葛》则把热恋中的这种等待推向极致，通篇全是一个人的自言自语，却千转万回，缠绵宛转。"彼采葛兮。一日不见，如三月兮！"她与他，因什么原因，而有了短暂别离？不得而知，只知道姑娘在等他，看到葛草要想到他，看到蒿草要想到他，看到艾草，还是要想到他，从一日不见如三月兮，到如三秋兮，再到如三岁兮，那分分秒秒的时间，多么让人难挨！心爱的人，你什么时候才能来？

热恋中的人，一个世界都可以不要的，眼里心里全是你，纵使你普通得如一株芨芨草，在他（她）的眼里，你也是九天的仙女、骑着白马而来的王子。

我们都曾做过这样的仙女、这样的王子。它使我们在回味人生的时候，有别样的甜蜜和幸福。

等 爱

梅艳芳唱的《女人花》，我怕听。她唱得实在太哀婉悱恻，

223

应了她的人生。像秋夜里的一滴露，"啪嗒"一声，滴落在心头，内心顿时一片荒凉。是啊，花开不多时，堪折直须折，女人如花花似梦。

几千年前，有个少女，在《诗经》里，也是这般唱着的。这个少女唱的不是花，她唱的是梅子："摽有梅，其实七分。求我庶士，迨其吉兮。"这个时候，她还青春年少，她提着筐子，徜徉在梅树旁，树上的梅子，已黄熟了，在纷纷落。地上三分，树上七分。少女望着梅树上的梅子，联想到她自己，青春也是那梅子啊，眨眼间，就熟了，就掉了，她却还没有意中人。她有些害羞地唱，喜欢我的小伙子啊，你快趁着青春好时光来找我呀。可是，爱她的人，却没有来。树上的梅子眼看着掉到只剩三分了，她焦急地唱，求我庶士，迨其今兮。也就是说，喜欢我的小伙子啊，你不要再等了，你今天就来吧。满树的梅子，终于落尽，她的青春也快要过去了，她还是没等来爱她的人。她无奈地唱，求我庶士，迨其谓之。她不再幻想谈一场缠缠绵绵的恋爱了，来不及了，来不及了，如果有小伙子现在喜欢她，就可以直接订下婚约把她娶回家的。

通篇《摽有梅》，不着悲凉，却字字凉透。等爱的心，看不见被谁伤了，却被伤得千疮百孔。

我认识一好女子，三十多了还未嫁。当初也曾有男孩，死心塌地地爱过她，她没有接受，她想等等再说。这一等，就等到花瓣凋落。我对她说，找个好人嫁了吧。她一脸无奈地看着我，说，我也想啊，可是，到哪里去找呢？

替她感伤。好男人早在青春的路上，被人劫持了。尘世的缘分，原都是一场花开，花期过了，花事也就尽了。

盼 归

很早就知道"首如飞蓬"这个成语，但不知道，首如飞蓬竟是出自《诗经》中的。当有一天，我翻到诗经中《伯兮》这一篇，我的眼睛在首如飞蓬上停住了，我实在吃惊于首如飞蓬的背景，竟是一个女人盼丈夫归的。"自伯之东，首如飞蓬。岂无膏沐，谁适为容"，女人的丈夫，从军远征去了，女人想他，想得无心打扮，致使头发如风吹乱的枯草一样堆在头上。不是没有很好的润发油啊，只是我打扮了给谁看呢？长期的思念，使她心头郁结满了忧伤。这样深刻的想念，实在让人动容！

我想起一个妇人来，妇人的丈夫，早年去台湾，一直未归，留妇人孤身一人。妇人终年一件蓝布褂，头发乱草堆似的堆在头上，脸色灰暗，不言不语地走路、干活。小孩们背后都叫她疯婆子。这样一个疯婆子，某一天，却突然打扮得光艳照人，大红的线衣穿在身上。已灰白了的发，被捉得纹丝不乱。原来，她去台湾的丈夫回来看她了，她为他，梳妆打扮。大家叹，她原来也是这么好看的啊。一周之后，她丈夫却归台，在那里，他早已另娶了太太。妇人什么话也没说，折叠起大红的线衣，换上她的蓝布褂，重又陷入一个人的"首如飞蓬"里。

这样的盼归，在另一篇《风雨》中，终于有了完满结局。"风雨凄凄，鸡鸣喈喈"，外面风大雨大，鸡们在不安地鸣叫，女人的丈夫，出门未归。他出外多久了？或许十天，或许半个月。女人不眠，为他提着一颗心，这么大的风，这么大的雨，亲爱的人啊，你是否被风吹着了，被雨淋着了？女人因此想得害了病。就在这时，奇迹出现了，女人的丈夫竟冒着风雨突然归来。那巨大的惊喜，哪里能形容呢？女人只呆呆地看着他，说一句："既见君子，云胡不夷！"哦，亲爱的，你回来了，我也就心安了。当确信眼前的这个人，真的就是她亲爱的丈夫啊，女人抚摸着丈夫的脸，终于喜极而泣，"既见君子，云胡不喜！"纵使外面天崩地陷，又何妨呢？你回来了，一切便好了。

世间的恩爱，原都是这个样子的，几千年来，都是这个样子的，那就是，亲爱的，只要你平安着，我也就开心了。

爱未央

他嘟嘟哝哝地说，今天是菊香生日呢，我答应过她。

陈四爹最近迷上藏钱，像乌鸦迷上发光的东西。

是儿媳妇肖英最先发现的。

肖英记得买菜时多下一些零钱，随手搁客厅茶几上。她转身去厨房，不过择了一把菜、洗了两只碗，转身，钱就不见了。

没有人来过，除了公公陈四爹在。

陈四爹却没事人似的，在自己的房间里，数着一堆红红绿绿的小球玩。

自从患上老年痴呆症后，他的智商一下子退回到幼儿期，爱耍小脾气，爱玩五颜六色的玩具。

肖英看看陈四爹，当时没说什么，但心里存了疑惑。她后来做了个试验，故意在客厅的茶几上放上十块钱。她躲到一边去，不一会儿，她看到她的公公陈四爹，从房间里慢慢磨蹭着出来。当他瞥见茶几上的钱时，眼睛里立即大放光芒，左右迅速看看，一把抓起钱，揣到怀里去了。

肖英就有些不高兴了，她走了过去，问陈四爹，爸，您拿钱了？

陈四爹紧紧捂住胸口，瞪着她，答，我没有。

可我明明看见您拿钱了。肖英生气地说着，就要来掰他的手，爸，家里不缺您吃的，不缺您穿的，您说您要钱做什么？

陈四爹不肯松手，孩子似的放声大哭起来，一边哭一边说，我没有拿钱，我没有拿钱。

儿子陈程回家，看到这一幕，劝肖英，你跟爸较什么真？他都八十多岁的人了，拿就拿了吧，反正他也花不出去。

肖英气鼓鼓地说，怨不得家里老丢钱，还不知他藏了多少钱呢。

自此后，肖英存了心眼，把钱看管得很紧。陈四爹找不到钱了，表现得很失落。他在家里来来回回地打转，到处翻找，家里的角角落落，都被他翻了个遍。偶尔在哪个抽屉里，捡到一枚两枚硬币，他欢喜不迭，赶紧往怀里藏。

家人对他哭笑不得，把他的行为归结为，是老年痴呆的一种。

他后来发展到，逢人便伸出手来，讨钱。给我钱——他眼睛直盯着来人，很执拗地说。

大家开他玩笑，四爹爹，您要钱买糖吃啊？

他偏着须发皆白的脑袋，想一想，摇摇头，认真地说，不，我要买金戒指。

您买金戒指给谁戴呀？

给新娘子，给新娘子。他口齿不清地说。

给新娘子？大家哄笑一通，都以为他老糊涂了。

陈四爹的突然失踪，让儿子陈程着实急出了一身冷汗。那天，起先是没有一点征兆的，早饭时，陈四爹还好好的，喝掉一碗粥，吃掉半块馒头。饭后，他回房，继续玩他的彩球。陈程去老年活动中心下棋，肖英去菜场买菜。

等肖英买菜回来，家里的大门洞开，公公陈四爹不见了。

街坊四邻都被发动起来寻找，折腾大半天，仍是无头无绪。后不知谁突然想起来，说，老爷子不会真的跑去买什么金戒指吧？

街上卖金戒指的就那么两家，一家百货商场，一家国货商厦。众人分头去找，果真，在国货商厦一楼的黄金柜台旁，找到陈四爹。柜台的营业员一见找去的人，长舒一口气，说，你们总算找来了，这个老爹爹难缠呢，他非要用这么点钱，买一枚这么大的金戒指不可。

众人看过去，柜台上，摊着一堆零碎，不过百十块。陈四爹指着那些钱，固执地说，我有钱，我要买金戒指。

陈程走过去，不好意思地跟营业员打招呼，他指指自己的脑袋，悄声说，对不起啊，给您添麻烦了，我爸这里不行了。营业员恍然大悟"哦"一声，她同情地看看陈四爹，无声地笑了。

陈程转身，有些恼火地拖住陈四爹，爸，您别闹了，咱回家吧。

陈四爹茫然地望着陈程，望着望着，哭了，他嘟嘟哝哝地说，今天是菊香生日呢，我答应过她，要给她买金戒指的呢。

众人听着，心头一震。菊香，陈程的母亲，陈四爹的老伴，故去已十年。

咫尺天涯，木偶不说话

白日光照得着两个人。风不吹，云不走，天地绵亘。

"她"叫红衣。

"他"叫蓝衣。

他们从"出生"起，就同进同出，同卧同眠。简陋的舞台上，"她"披大红斗篷，葱白水袖里，一双小手轻轻弹拨着琴弦。阁楼上锁愁思，千娇百媚的小姐，想化作一只鸟飞。"他"呢，一袭蓝衫，手里一把折扇，轻摇慢捻，玉树临风，是赴京赶考的书生。湖畔相遇，花园私会，缘定终身。秋水长天，却不得不离别。"她"盼"他"归，等瘦了月亮。"他"金榜题名，锦衣华服回来娶"她"，有情人终成眷属。观众们长舒一口气。剧终。"她"与"他"，携手来谢幕，鞠一个躬，再鞠一个躬。舞台下掌声与笑声，同时响起来，哗啦啦，哗啦啦。

那时，"她"与"他"，每天都要演出两三场，在县剧场。

231

木椅子坐上去咯吱吱，头顶上的灯光昏黄黯淡。绛红的金丝绒的幕布徐徐拉开，舞台上亮堂堂的。戏就要开场了。小小县城，娱乐活动也就这么一点儿，大家都爱看木偶戏。工厂包场，学校包场，单位包场。乡下人进城来，也都来赶趟热闹。剧场门口卖廉价的橘子水，还有爆米花。有时也有红红绿绿的气球卖。进场的孩子，一人手里拿一只，高兴得不得了。

幕后，是她与他。一个剧团待着，他们配合默契，天衣无缝。她负责红衣，她是"她"的血液。他负责蓝衣，他是"他"的灵魂。全凭着他们一双灵巧的手，牵拉弹转，演绎人间万般情爱，千转万回。一场演出下来，他们的手臂酸得发麻，心却欢喜得开着花。木盒子里，她先放进红衣，他把蓝衣跟着放进去，让"他们"并排躺着。他在"他们"脸上轻抚一下，再轻抚一下。她在一边看着笑，他抬头，回她一个笑，默契得无须多说一句话。

彼时，年华正好。她人长得靓丽，歌唱得不俗，在剧团被称作金嗓子。他亦才华横溢，胡琴拉得出色，木偶戏的背景音乐，都是他创作的。让人遗憾的是，他生来是哑巴。他丰富的语言，都给了胡琴，给了他的手。他的手，白皙修长，注定是拉胡琴和演木偶戏的。她的目光，常停留在他那双手上，在心里面暗暗叹，好美的一双手啊。

在一起演出久了，不知不觉情愫暗生。他每天提前上班，给她泡好菊花茶，等着她。小朵的杭白菊，浮在水面上，浅香绵远，是她喜欢的。她端起喝，水温刚刚好。她常不吃早饭就来上班，他给她准备好包子，有时会换成烧饼。与剧场隔了两条街道，有一家周二烧饼店，做的烧饼很好吃。他早早去排队，买了，里面用一张牛皮纸包了，牛皮纸外面，再包上毛巾。她吃到时，烧饼还是热乎乎的，像刚出炉的样子。

她给他做布鞋。从未动过针线的人，硬是在短短的一周内，给他纳出一双千层底的布鞋来。布鞋做成了，她的手指，也变得伤痕密布——都是针戳的。

这样的爱，却不被俗世所容，流言蜚语能淹死人，都说好好一个女孩子，怎么爱上一个哑巴呢，两人之间的关系肯定不正常。她的家里，反对得尤为激烈。母亲甚至以死来要挟她。最终，她妥协了，被迫匆匆嫁给一个烧锅炉的工人。

日子却不幸福。锅炉工人高马大，脾气暴躁。贪酒杯，酒一喝多了就打她。她不反抗，默默忍受着。上班前，她对着一面铜镜理一理散了的发，把脸上青肿的地方，拿胶布贴了。出门有人问及，她淡淡一笑，说，不小心磕破皮了。贴的次数多了，大家都隐约知道内情，再看她，眼神里充满同情。她笑笑，装作不知。台上红衣对着蓝衣唱：相公啊，我等你，山无棱，江水为竭。冬雷震震，夏雨雪，天地合，乃敢与君绝。她的眼眶里，慢慢溢出泪，牵拉的手，上上下下，左左右右。心在那一条条细线上，滑翔宕荡，疼得慌。

他见不得她脸上贴着胶布。每看到，浑身的肌肉会痉挛。

他烦躁不安地在后台转啊转，指指自己的脸，再指指她的脸，意思是问，疼吗？她笑着摇摇头。等到舞台布置好了，回头却不见了他的人影。去寻，却发现他在剧场后的小院子里，正对着院中的一棵树擂拳头，边擂边哭。她站在两米外，心里的琴弦，被弹拨得咚咚咚。耳畔响起红衣的那句台词：冬雷震震，夏雨雪，天地合，乃敢与君绝。

白日光照得着两个人。风不吹，云不走，天地绵亘。

不是没有女孩喜欢他。有个圆脸女孩，一笑，嘴两边现出两个浅浅的酒窝。那女孩常来看戏，看完不走，跑后台来看他们收拾道具。她很中意那个女孩，认为很配他。有意撮合，女孩早就愿意，说喜欢听他拉胡琴。他却不愿意。她急，问，这么好的女孩你不要，你要什么样的？他看着她，定定地。她脸红了，低头，佯装没懂，嘴里说，我再不管你的事了。

以为白日光永远照着，只要幕布拉开，红衣与蓝衣，就永远在台上，演绎着他们的爱情。然而某天，剧场却冷清了，无人再来看木偶戏。出门，城中高楼，一日多于一日。灯红酒绿的繁华，早已把曾经的"才子"与"佳人"淹没了。剧场经营不下去了，先是把朝街的门面租出去，卖杂货卖时装。他们进剧场，要从后门走。偶尔有一两所小学校，来包木偶戏给孩子们看。孩子们看得索然无趣，他们更愿意看动画片。

剧场就这样，冷清了。后来，剧场转承给他人。剧团也维持不下去了，解散了。解散那天，他执意要演最后一场木偶

234

戏。那是唯一一场没有观众的演出，他与她，却演得非常投入，牵拉弹转，分毫不差。台上红衣唱：冬雷震震，夏雨雪，天地合，乃敢与君绝。她和他的泪，终于滚滚而下。此一别，便是天涯。

她回了家。彼时，她的男人也失了业，整日窝在十来平方米的老式平房里，喝酒浇愁。不得已，她走上街头，在街上摆起小摊，做蒸饺卖。曾经的金嗓子，再也不唱歌了，只高声叫卖，蒸饺蒸饺，五毛钱一只！

他背着他的胡琴，带着红衣蓝衣，做了流浪艺人。偶尔他回来，在街对面望她。阳光打在她的蒸饺摊子上，她在风中凌乱了发。他怅怅望着，中间隔着一条街道。咫尺天涯。

改天，他把挣来的钱，全部交给熟人，托他们每天去买她的蒸饺。他舍不得她整天站在街头，风吹日晒的。就有一些日子，她的生意，特别的顺，总能早早收摊回家。——他能帮她的，也只有这么多。

入冬了。这一年的冬天，雪一场接一场地下，冷。她抗不住冷，晚上，在室内生了炭炉子取暖。男人照例地喝闷酒，喝完躺倒就睡。她拥在被窝里织毛线，是外贸加工的。冬天，她靠这个来养家糊口。不一会儿，她也昏昏沉沉睡去了。

早起的邻居来敲门，她在床上昏迷已多时。送医院，男人没抢救过来，死了。她比男人好一些，心跳一直在。经过两天两夜的抢救，她活过来了。人却痴呆了，形同植物人。

起初，还有些亲朋来看看她，在她床前，叫着她的名字。她呆呆地看着某处，脸上无有表情，不悲不喜。——她不认识任何人了。大家看着她，唏嘘一回，各自散去，照旧过各自的日子。

没有人肯接纳她，都当她是累赘。她只好回到八十多岁的老母亲那里。老母亲哪里能照顾得了她？整日里，对着她垂泪。

他突然来了，风尘仆仆。不过五十岁出头，脸上身上，早已爬满岁月的沧桑。他对她的老母亲"说"，把她交给我吧，我会照顾好她的。

她的哥哥们得知，求之不得，让他快快把她带走。他走上前，帮她梳理好蓬乱的头发，给她换上他给她买的新衣裳，温柔地对她"说"，我们回家吧。三十年的等待，他终于可以在光天化日之下，牵起她的手。

他再没离开过她。他给她拉胡琴，都是她曾经喜欢听的曲子。小木桌上，他给她演木偶戏，他的手，已不复当年灵活，但牵拉弹转中，还是当年好时光：

悠扬的胡琴声响起，厚重的丝绒幕布缓缓掀开，红衣披着大红斗篷，蓝衣一袭蓝衫，湖畔相遇，花园私会，眉眼盈盈。锦瑟年华，一段情缘，唱尽前世今生。

爱如山路十八弯

山路十八弯，通向的，原来是一个叫爱的地方。

她一直比较倔强。倔强，是她用来对付父亲的。她的父亲，是个军人，军人的作风，让他脸上的威严总是多于温和。

小时候，她曾试图用她的优秀瓦解父亲脸上的威严，她努力做着好孩子，礼貌懂事、勤奋好学。当她把一张一张的奖状，捧至父亲跟前时，她难掩内心的激动，脸上有飞扬的得意。然而父亲只是淡淡看一眼，说，还得继续努力。

如此的不在意，深深刺痛了她。她甚至怀疑自己不是父亲亲生的。她跑去问母亲，母亲笑了，摸着她的头说，怎么会呢？生你的时候，你爸一高兴，从不喝酒的人，喝掉半斤二锅头呢。

哪里肯信？回头看父亲，父亲不动声色在翻一份报，怎么看怎么不像一个爱她的人。

这以后，她总跟父亲对着干，惹得父亲对她频频发火。她不吭声，倔强地看着父亲，最终，是父亲先叹一口气，转身而去，步履蹒跚。母亲曾苦着脸劝，你们父女两个，是前世的冤家么？她想，或许是吧。

高中分文理科时，父亲建议她学文，那是她的特长。她偏偏选了学理。大学填报志愿时，父亲要她填报师范专业，照父亲的想法，女孩子做老师，是最理想的职业了，既稳妥又安全。她偏不，而是填了建筑专业。气得父亲干瞪眼。

大学毕业那年，她有心回到父母所在的城市工作。但看父亲的表情，好像没有要她留下的意思。她一气之下，跑到千山万水外去了。

一个人在外打拼，难。举目的陌生，更是让她，多了几层寒冷。好在不久后她遇到好人，在公司看大门的张伯，亲人般的，对她和颜悦色、关怀备至。下雨天张伯会给她送伞；天冷了张伯送她一双棉手套；家里做了什么好吃的，张伯会用半旧的饭盒装着，给她带了来。她好奇地问张伯，您怎么对我这么好？张伯笑笑说，你像我女儿啊，我也有个你这么大的女儿，在外地呢。那一刻，她想到父亲，心突然疼疼地跳了跳。

母亲不时会给她寄些东西来，吃的穿的用的，都有。父亲却不曾有只言片语来。她由此更坚定了，父亲，是不爱她的。她对自己说，不要去想他。

那日，张伯过生日，喊她去他家吃饭。在张伯家，她受到张伯老两口热情的款待。她陪他们一起包饺子，热热乎乎像一家人。吃饭时，张伯一高兴，多喝了二两酒。喝多了的张伯，大着舌头对她说，丫头，你有一个好爸爸啊，他左一个电话、右一个电话来，拜托我要好好照顾你，说你性格犟，怕你吃亏哪。什么时候他来看你了，我一定要和他喝两盅。

她的吃惊无以复加。她问张伯，您怎么认识我爸的？张伯摇摇头呵呵乐了，说，我不认识你爸，我们只是电话联系。一个真相，让她的心，顷刻间翻江倒海起来。张伯，是父亲战友的朋友的朋友。父亲托了战友，跟战友的朋友联系上，再跟张伯联系上。

山路十八弯，通向的，原来是一个叫爱的地方。

等你80年

人生至老，剩下的唯一财富，便是回忆。

80年前，艾德青春，姑娘年少，一朝相遇，情窦初开，满世界的阳光灿若春花。

他们无法自拔地爱上了。他们避开家里人，偷偷约会在枣椰树下。偷偷远足去沙漠深深处。明月照她回，她频频回首道："你一定要等着我啊。"他答："好的，我会等着你。"誓言是那般美好，他将为夫，她将做妻，将来的将来，他们还要生一群可爱的孩子。

然世事难料，等她长到可以谈婚论嫁的年纪，现实却给他们当头一棒，按当地风俗，姑娘必须嫁部族内的堂兄弟或表兄弟。天昏沉沉黑下去，明媚不再。一对恋人，最终被迫劳燕分飞。

姑娘不得不另嫁了，艾德也另娶了别的女人为妻。两个相

240

爱的人，从此远隔天涯。

一年又一年过去了。沙漠的风，吹老了太阳，吹老了月亮，吹老了绿洲上的枣椰树。艾德和姑娘，也在各自的人生里，把日子守成暮色。艾德先后结过两次婚，儿女满堂。姑娘先后结过六次婚，不曾生育。

人生至老，剩下的唯一财富，便是回忆。对于年老的艾德来说，回忆成了他不可或缺的温暖。这一年，艾德97岁了，第二任妻子亦已故去。暮色苍苍里，艾德独坐着，一遍一遍抚摩记忆。风吹起他身上袍子一角，旧事前尘，涌上心头。尘封80年的恋情，就在这时突然破茧而出，鲜亮如初。他心跳如鼓，阅尽人世沧桑，到头来，不能忘怀的，还是那年那月那人。那时候，年轻的枣椰树一排排站立在绿洲上，枝叶婆娑，天空明净得像一件簇新的白袍子。

他再也坐不住了，走出家门，去寻找80年前心爱的姑娘。不知他经历了怎样的千辛万苦，姑娘最终竟被他找到了。当然，眼前的姑娘，亦是步履蹒跚的老妪。那有什么要紧？在艾德眼里，她还是明媚动人的那一个。他迫不及待地向她求婚了。这时，也已是单身的她，毫不犹豫地答应了他的请求。

80年的等待，终于修成了正果，他成了她的夫，她做了他的妻。

第六辑
时间无垠，万物在其中

时间无垠，万物在其中，原各有各的来处和去处，各有各的存活的本领和技能。

任性的水仙

花骨朵是什么时候打的？那完全是在你的眼皮子底下，偷偷进行着的，你竟说不清。

每年冬天，我都会去街上，买上一两盆的水仙回来长，这几成惯例。

倘若哪一年忘了买，心里会极不踏实，总觉得家里少了点什么。即便是到了年脚下，也还是要专门跑出去一趟买。满街的水仙都长高了，都打花苞苞了，有好多的都盛开了。花贩会数着花朵卖。看，这棵上有五朵花苞，这棵上有六朵花苞。你真会挑，这么多花苞苞啊，搁家里，开起来多香哪。一朵三块钱，三五一十五，三六一十八，啊，算便宜点给你吧，两棵你就给三十块钱好了。花贩舌灿若莲。

我持着花，犹豫着，都长这么高了！都长这么高了！心里惋惜着。

我其实，更想买到水仙花球，回来慢慢长。

　　水仙花球很像一个谜。不，不，它就是一个谜。你根本不知道它紧裹着的小身体内，到底藏着几朵花的梦。你把它养在一杯水里。装它的容器是不择的，用碗，用纸杯，用罐头瓶子，它都能很快驻扎下来，随遇而安，苦乐自知。

　　然后，你基本上不用管它了，任它自个儿倒腾着去吧。记起它的时候，就去看看它，你也总能碰到小欢喜。昨天看时，它冒出两颗小芽芽了。今天再去看时，它已抽长出枝叶。枝叶也就开始疯了般地长，越长越密，越长越肥，越长越高。它走过它的童年、少年，直奔着花样年华而去。

　　花骨朵是什么时候打的？那完全是在你的眼皮子底下，偷偷进行着的，你竟说不清。等你发现时，肥绿的枝叶下，翡翠珠儿似的花苞苞，已在一眨一眨地看着你。这也没什么可遗憾的，唯有这说不清，才叫人惊喜吧。是不请不约的意外相遇。

　　到这个时候，我以为，水仙已度过它最好的前半生。接下来，毫无悬念可言了，每朵花苞苞，都会怒放，都会香得透心透肺、淋漓尽致。

　　它香起来的时候，我就有些忧愁了，是美人迟暮，想留也留不住。好在还有来年可等，来年，它又是好花一朵朵，开遍寻常百姓家。

　　以前我在乡下小镇生活，认识一个老中医，他特爱长水仙。每年冬天，他家堂屋的条几上，一溜排开的，全是水仙花，足足有十多盆。他的水仙长得特别，像专门挑拣过似的，有型有款，不高不矮，不胖不瘦。葱绿的枝叶，托起小花三五朵，幽幽吐香，脉脉含情，真正是当得了诗里面夸的"凌波仙子生尘袜，水上轻盈步微月"。

问他讨过经验。他说，水要适度，阳光要适度，营养要适度。这"适度"，不是人人都能掌控的。我家的水仙，也便还是由着它的性子长了，乱蓬蓬的一堆叶，乱蓬蓬的一团香，失了仙气，倒像一率真任性的乡下"疯丫头"。这样也好，它保持了它最原始的本真。

在心上，铺一片沃土

你看你看，有时出生并不重要。重要的是，你将以什么样的姿势盛开。

菜　心

吃青菜，看到裹得紧紧的菜心。我突发奇想，留下菜心。

手头有圆溜溜一只小红瓷瓶，里面原先插了一根绿萝长着的。绿萝却越长越瘦，我把它移到土里去，瓶子便空了。我在里面长菜心。

餐桌上搁着。红配绿，是从前乡下朴实的女儿家，顶个红盖头，就做新嫁娘了，幸福洋溢在她的脸上。好看。我吃饭时，拿它"下饭"，寻常的饭菜，也吃得更有味了。

248

山路十八弯，通向的，原来是一个叫爱的地方。

人生至老，剩下的唯一财富，便是回忆。

没事时，我爱端详它。它在生长。先是裹着菜心的小菜叶，慢慢儿的，变肥变大。过两天，那菜心里，抽出菜薹来。

它开始忙碌起来，像蜘蛛织网般的，在那菜薹上，绕着圈地镶珠儿，一刻不停。

它镶啊镶啊，一粒缀着一粒，密密的。起初不过芝麻粒大小，我须得凑近了，眯着眼，仔细瞅，方能看得清。——它的眼神儿真好使啊！它的手，也真是巧啊！

终于，菜薹上缀满了淡绿的小珠儿。我知道，那每一粒小珠儿里，都藏着一朵黄艳艳的欢喜。

"小珠儿"一个赛一个地比赛着长，跟吹着泡泡似的。我眼见着它们鼓起来、鼓起来，里面藏着的黄艳艳，就要淌出来了！它让自己凤冠霞帔起来。

夜里，在我睡着的时候，这颗菜心，已悄悄的、彻底的、欢天喜地的，盛开了。

早起的餐桌上，我有了一瓶的菜花黄。

菜花贱

那人对我说，菜花贱。

是因为多。是因为不择地。是因为它不会隐藏自己一点点。

三四月的天，出门去，随便一搭眼，都能看到它的影。人家的花坛里，有那么几棵，也是开得轰轰烈烈的，丰腴得不得了。

它太把自己当主角了。让你有小小的不服，它怎么可以这么抢风头呢！

它还就是抢了。你认为它是平民小丫头，它却拿自己当公主。我看到一垃圾堆旁，也有一枝油菜花，风姿绰约地在开。

你若移步到郊外，那才见识到它的不可一世呢。人家的屋，被它拥着抱着。屋旁的路，也被它拥着抱着，一直蔓延到河边去了。河水里倒映着一地的黄，黄透了。天空也被染黄了呀。河里的鱼和水草，也被染黄了呀。你整个的人，也被染黄了呀。

美。真美。太美了。美得一塌糊涂。——你在它的丰腴里沦陷，实在找不出多余的词来形容它，你也只能重三倒四地这么说。

贱命如它，终于让你刮目相看。

你看你看，有时出生并不重要。重要的是，你将以什么样的姿势盛开。

还是向一棵油菜花学习吧，只管走着自己的路，在心上，铺一片沃土，盛开出属于自己的丰饶来。

且吟春踪

心，在乐曲的潺湲里，慢慢靠近禅，无求无欲。

一直很喜欢古筝，觉得这种乐器真是奇特，轻轻一拨，就有空山路远的感觉。更何况，它配了优美的音乐来弹呢？那简直，是在人的心上装了弦，每弹拨一下，心，就跟着婉转一回。完全的不由自主。

听《且吟春踪》时，我就是这样的不能自抑。这是初春，阳光晒得人想打瞌睡。街上有了卖花的人，是一种九叶菊，满天星一样的小花儿，缀满泥盆。下面的叶，都看不见了，只看到那锦帕一样的一团碎花。卖花人不叫卖，只管笑吟吟立在一盆一盆的花儿边，看南来北往的人。脸上有春光荡漾。

我笑看着这一切。远方的朋友突然打来电话，他说，春天呢。我笑回，是的，春天呢。他说，给你首有关春的乐曲听。于是，他发来这首《且吟春踪》。在我打开之前，他介绍，这是

251

一首佛乐。

打开的手，就有些迟疑。因为佛乐在我的感觉里，不好听，是重重复复念着南无阿弥陀佛的，念得人的心，很苍老。朋友却强调，这首不一样，绝对不一样，它把古筝的清丽幽远和佛的禅意完美结合在一起了。

我将信将疑地打开，立时就被吸引住了。空灵的音乐，加上古筝的绝响，恰似一股清泉，曲折而下，渐渐淹没了我的人，淹没了我的屋子。又似旷野里一捧夜色，把人温柔地沦陷，是地老天荒哪。有一刹那，我不能言语，世上怎会有如此美妙的音乐？它美得让人想落泪。

整首曲子，舒缓潺湲，纤尘不染。是在那高高的山上，流云和青山嬉戏，风吹来花的香。是在那古刹之中，檐角挂着小铃铛，一下一下地，发出清脆的丁零声。有鸟飞过屋顶，成双成对。落光叶的树上，开始长毛毛了，枝条舒展、柔软。远处人家，有鸡在草丛中觅食。蜜蜂该出来了吧？种子在地里欢唱。阳光，如佛光一样的，剔透耀眼。

乐曲不疾不徐，轻轻流淌。似清风，翻开一页一页的书，一页有流水叮咚，一页有窗前好春色。佛前的青莲，在轻弹慢拨之中开了花。那些长夜的祷求，为的什么呢？六根未净，苦海无边，但，终有一天，心，会净化得一尘不染。再厚的重帷，亦挡不住春光。

忽然想起有一年在无锡的锡山，在山上的凉亭里，看到有女子着古装，低眉敛目，在那儿絮絮弹。弹的就是古筝，叮叮咚咚。她的背后，一抹青山，静谧而安详，仿佛永生永世。那景，美得像梦，让人瞬即忘了，山脚下，原还有个尘世的。

亦想起，英国诗人兰德写的诗来，"我和谁也不争，和谁争我都不屑；我爱大自然，其次就是艺术；我双手烤着，生命之火取暖；火萎了，我也准备走了。"人世中的纷争，原是轻若烟尘的。能够永恒的，只有山川河流、日月星辉。

乐曲继续舒扬，阳光正好。空气中，满是春天的味道，清新、恬淡。心，在乐曲的潺湲里，慢慢靠近禅，无求无欲。屋后累积了一冬的冰，开始消融了，听见草长的声音。亦听见，绿们正整装待发，只待一夜春风起，便染它个江山绿透。

谷 雨

美味与舌头的相遇，也是要看缘分的。不早不晚为最好。

谷雨是雅着的。

是手摇折扇、拈花一笑的翩翩公子，腹有诗书，眉目朗朗。雨来，轻敲他的窗。他呼三五好友，于后花园的亭中闲坐，听雨品茗，吟出"壶中春色自不老，小白浅红蒙短墙"之类的诗句，当是十分的应景。

值此时，雨水渐渐旺盛起来，有时昼夜不息。滴答，滴答，如弹六弦琴。

"雨生百谷"——万物也都按照它们应有的样子在生长。花开到深处了。叶绿到深处了。满世界的珠翠瑶红。时光的脚步，变得优雅起来，不紧不慢。

真是极适合品茗的。

何况，又有着唇齿留香的谷雨茶！

这个时候，茶园的茶叶，最是鲜嫩时。芽叶们吸足雨水，色泽浅翠，肥硕柔软，香气袭人。在茶园遍布的南方，也就有了谷雨摘茶的习俗。此茶被称为谷雨茶。因一部《茶疏》而闻名于世的明代学者许次纾，就十分推崇谷雨茶，他在《茶疏》中写道："清明太早，立夏太迟，谷雨前后，其时适中。"

美味与舌头的相遇，也是要看缘分的。不早不晚为最好。

有南方朋友给我寄来谷雨茶，言说是他亲手摘的，亲手炒的。茶有个可爱的名字，雀舌。是一芽两嫩叶的，形如雀之舌。我是个不懂茶的人，平素也不大喝茶，品不出好歹来。至多是泡点枸杞红枣什么的，渴了，咕咚一下入喉。我怕这么好的茶叶，被我糟蹋了，有暴殄天物之嫌，遂转手送给一个爱喝茶的人。那人虽是个小小门卫，但无茶不欢。每每见他，总捧着一壶茶，在慢慢品。笑眉笑眼的，极满足极陶醉的样。

他有各式各样的茶具，都是他淘来的。他给我展示过，摆了一桌子。他说不同的茶，要用不同的壶来泡，才入各自的味。我不懂这个，但，被他感动。我觉得那是一种极好的生活态度，有着饱满的热爱在里头。我送他茶叶，他感激不已。舍不得喝太多，一次只抓一小撮，能品上一整天。遇到我，总要提及。好茶啊，好茶！他说。我很开心，茶遇到懂它的人，是茶的福。想来送我茶叶的朋友也不会怪我的。

谷雨也宜赏花。

赏的自然是谷雨花。

它还另有个响当当的名字，牡丹。都说它是花中之王，富贵雍容，可谁知它也是高处不胜寒呢。传说被武则天贬去洛阳，它甫一盛开，百花黯淡。"唯有牡丹真国色，花开时节动京城"，于是，一拨又一拨的人，不顾车马劳顿，追去洛阳赏它。却都在距离外，谁也走不近它，它只落得个睥睨群芳的清高之名。

人赋予它谷雨花的称呼，则含了亲昵，含了爱怜。给它摘去了那些累赘的凤冠霞帔，还它贴身体己的布衣荆钗，让它接上地气，变得家常。——它原不过是朵女儿花。

我祖父就种过牡丹。他说芍药配牡丹。他在我们的草屋子门前种。两株芍药，两株牡丹。谷雨前后，它们都开出碗口大的花，红艳艳的。村人们得闲了，就到我们家屋前来转转，眼睛溜上两眼花，并无过多惊喜，至多说一句，这花开得好啊。再没别的话。转过身，他们唠起农事来。"谷雨前，好种棉。"唔，要给棉花播种了。

花在他们身后，就那么，很自在地开着。一两只蝴蝶，或是野蜂，在花间轻轻鸣唱。

漫游桂子山

岁月再多的惊涛骇浪，最后，终将被生所取代。

南京六合有山，名曰：桂子山。高 52.6 米，方圆 0.2 平方公里。六合朋友谦虚地说，只是个小土丘啊。

我信以为真，漫不经意地走向它，打算浮光掠影地看一看就走。

它果真的小，状若盆景。站山脚下，你只需稍稍抬一抬头，就能把它尽收眼底。一块标志碑竖在它的入口处，上书"江苏六合国家地质公园"字样，是国土资源部于 2005 年 9 月 19 日立的。我瞟一眼，亦不曾介意，只管把它当作一座小山丘来看。

并无其他游人，除了我和那人，还有六合的一个朋友。一捡拾垃圾的老者，走过我们身边，不错眼地盯着我们看。待走很远了，仍回过头来看。看什么呢？好奇怪。"平时，不大有人来的，他是欢喜有人来了。"六合的朋友笑着说。

小小的一座山，竟也是绿径通幽，杂树生花。一条砖铺小道，毫无悬念地往山顶而去，人走上去，并不感到一点点登山的吃劲。满山爬满绿草繁花，你尽可以一边走，一边尽情看，无须留意脚下，脚下平坦得很呢。

大蓟开得像家养的。紫色的，胖乎乎的，丰衣足食着。我跳入草丛中，盯着它们看，知是旧时相识，却愣是想不起它们乡下的小名叫什么了。人到底是肉身凡胎，有些记忆，是会随细胞的消亡而消亡的。所以，人与人相交，也要记得常联系啊，莫相忘。

对野蔷薇却是脱口就叫出名来的。太熟悉了，小时乡下，油菜花、桃花、梨花都开过了，它还在开，小朵小朵的白，开在沟边渠边，一大丛一大丛的，像雪落，简直有些没完没了的意思。甜香。甜香得惹蜂惹蝶，也惹小孩子。浑身却长满了刺，守护着它小小的尊严。我们小孩子偏要去招惹它，忍着被刺伤的痛，掐一捧回家，搁在水碗里养。夜里睡醒，手指头隐隐针戳般的疼，屋里头，却弥满了它的甜香。我们在被窝里，满意地笑了，为这甜香，疼一疼，也是值得的。

眼前的野蔷薇，多得像是特地栽种的。一丛雪白，又一丛雪白，跳跃在满山的青翠之中，山因它变得秀美婀娜。我对身边的六合朋友说，你们这桂子山真是好，有这么多的野蔷薇啊。朋友笑笑，说，后面还有"石柱林"可看的。

并没有过分在意她的话，想石柱林我倒是见过一些的，无非是些岩浆喷发形成的石柱子罢了。我眼睛仍盯着那些野蔷薇看，一边看一边走，也就绕到了山的另一侧。一个废弃的采石场，突然横亘在跟前，砂石遍地，杂草暗生。我踏进去，抬头，迎面一壁"大森林"，把我吓了一大惊，只诧愣愣看着它，心里泛起波涛来。我很为自己的无知羞愧了，这桂子山哪里是小家碧玉，它的精妙和威武，全在这里啊！厚重？壮观？雄伟？奇异？这些词用在它身上，统统不为过。

它是隐士高人一个，有着世界罕见的"石柱林"。一千万年前，这里火山爆发，玄武岩浆喷到地面，冷却后，形成了形态各异的六棱形、五棱形等"柱状节理"。这些奇特的石柱子，树一样的，一棵挨着一棵，一棵叠着一棵，排列有序，密密相契，壁立千仞。六合的朋友介绍道，这里的石柱子，多达五万多根呢。我不语，只默默仰视那些棵"石树"，始才真正领会了，什么叫鬼斧神工。

有人形容这场面，说像"万箭齐发射苍穹，利剑出鞘映碧空"，完完全全一副英雄豪杰模样。也曾有过战争，血流成浆，上千人的性命，丢在这里。我还是不语，白日光落在它上头，粼粼，粼粼。风吹过，有小沙粒飞起，是亿万年前的那一颗么！石柱之上，爬生着杂草和灌木。有小树，兀自撑着瘦长的枝干。碧绿的枝叶，在空中努力张开，蓬勃舒展，像手臂。冷峻的石柱子，因了这些杂草、灌木和小树，有了温度和温情。

我在心里默默向这些生命致敬。这才是真的力量——生的力量，所向披靡，无往而不胜。岁月再多的惊涛骇浪，最后，终将被生所取代。

艾草香

有时，保持个性，坚守自己，方能脱颖而出。

对艾草，是老相识了。

乡村的沟沟渠渠里，一是艾草多，一是芦苇多。它们在那里熙熙攘攘，自枯自荣，世世代代。除了偶尔飞过的鸟雀，平时大概再没有谁会惦念它们。但乡人们都知道，它们在呢，就在那片沟渠里，枕着风，傍着水，枝繁叶茂，不离不舍。一到端午，家家户户门窗上都插上了艾草，满村荡着艾草香。

羊却不爱吃，猪也不爱吃，大概都是嫌它气味的霸道。它是草里的另类，做不到清淡，从根到茎，从茎到叶，气味浓烈得汹涌澎湃，有种豁出去的决绝。采艾的手，清水里洗过好多遍了，那艾草的味道，还久久逗留在手上，不肯散去。苦中带香，香中带苦，你根本分不清到底是苦多一些，还是香多一些。苦乐年华，它一肩扛了。

所以，它独特，在传统的民俗里，万古长存。早在《诗经》年代，就有了"彼采艾兮"的吟唱。说是唱爱情呢，我却觉得是唱它。它被人们赋予了神圣，用以寄托愁思，聊解忧伤。

南朝梁宗懔的《荆楚岁时记》中也曾有记载："五月五日采艾为人，悬门户上，以禳毒气。"说的是端午节这天，人们争相采艾，扎成人的模样，悬挂于大门之上，以消除毒气灾殃。不过是普通植物，却担当起驱毒辟邪的重任，这是艾草的本事了。有时，保持个性，坚守自己，方能脱颖而出。在这一点上，我们人类，得像一棵艾草学习。

可能是小时的记忆作怪，多少年来，我一直以为艾草只在水边生长——这是我的孤陋了。福建有文友说，他们家乡的山上，漫山遍野，都长着艾草。人们也食它，三月里，艾草正鲜嫩，采了它，拌上糯米粉，包上芝麻、白糖作馅，蒸熟，即成艾糍粑。咬上一口，香软甘甜，鲜美无比。这吃法让我惊异，有尝试的欲望。想着，等来年吧，等三月天，一定去采了艾草回来吃。

小区里，爱种花的陈爹，在他的小花圃里，种上了艾。六月的天空下，一丛红粉之中，它遗世独立的样子，让人一眼认出，这不是艾草么！

陈爹笑，眼光缓缓地落在它上面，说，是啊，是艾草啊。

种这个做什么呢？问的人显然有些好奇了。

陈爹不急着作答，他弯腰，眯着眼睛笑，伸手拨弄一下那些艾。他说，可以驱虫的。你看，它旁边的花长得多好，不怕虫叮。

哦——围观的人一声惊呼，恍然大悟，原来，它做了护花使者。

陈爹种的艾草，现在正插在我家的门上。不多，一棵，茎与叶几乎同色，灰白里，浸染了淡淡的绿。香味很地道，开门关门的当儿，它总是扑鼻而至，浓烈、纯粹。这是陈爹送的。他爬了很高的楼梯，一家一家分送，他说，要过端午节了，弄棵艾你们插插。

我不时地望望、闻闻，心里有欢喜。端午的粽子我早已不爱吃了，然过节的气氛，却一点没削减，因了这一棵温暖的艾。

素心如简

素心如简，他的笑脸，她的笑脸，让一屋子的简陋，变得璀璨华贵。

有好多年了，我一直居住在郊区，虽然离上班的地方远了些，但我喜欢那里的清幽。树木夹道，花草的香气，总是不分季节地在空气中缠绵。我喜欢沿着屋后的小道，漫无目的地走，走着走着，就走到人家的农田边上去了。我可以看看豌豆开花，青菜展开肥绿的叶，瓜藤上挂着绿宝石一样的果。

我也顶喜欢到一家厂房的门口去，那里新开了一家小店，卖面条，也卖米和菜油。有时懒了，不想做饭了，我就去买上一块钱的面条回来下。

小店实在袖珍，是厂房斜搭出来的一块廊棚，周围用砖砌了墙。原先大概是作收藏杂物之用，十来平米的样子，租金应该不贵。

开店的是一对夫妇，三十来岁的年纪，貌相普通，但看起来却清清爽爽。无论什么时候遇到，都能望见他们脸上的笑，憨憨的，亮亮的，让人觉得又亲切、又舒服。

　　夫妻二人配合默契，一个和面，一个必持了水瓢添水。一个称秤，一个则收钱。也没见孩子，倒见着流浪猫几只，在他们的店门口撒欢。他们用小花碗给小猫们喂食。有人拿起那花碗端详，可惜道："这么漂亮的碗啊。"他们只是笑笑，照旧拿小花碗给猫喂食。

　　当黄昏的金线，一丝一丝拉开，他们的小店就打烊了。人问："不做生意了？"他们笑答："不做了，要跳舞去。"都换上了鲜艳的衣裳，男人开电瓶车，女人在后面坐着，一溜烟往市区的广场去了。那里，每日里都有一群人，在黄昏时分起舞。

　　有时也见他们在店门口跳。旁有巴掌大的空地，上面种着葱，长着蒜。绿油油的，很招人。流浪猫三四只，黑花白黄，绒球球似的，在葱里面打闹翻滚。男人教女人走舞步，一二三四，一二三四。路过的人停下，看着，笑。惊讶的有，更多的，却是羡慕。大有大幸福，小有小幸福，能这样与幸福握手拥抱的，能有几人？

　　一次，我去买面条。女人正在包藕饼，洁白嫩润的藕片，云朵样堆在手边。她放下手上的活，冲我笑，"来啦？"麻利地给我称上一块钱的面条。我说："包藕饼呢。"

　　她说："啊，对，我叫它素心饼呢。"

"为什么叫素心饼？"我好奇，这名儿太让人心动。

"我随便取的，你看，藕的这一个一个小孔，像不像心？"她拿起一片藕让我看，她脸上有孩子般的天真。屋外的天光，在藕孔里浮游，那些小孔，看上去，真的像一颗颗透明的心。

她装藕饼的盘子亦好看，白瓷的，上面盘着蓝色的碎花。她见我盯着她的盘子看，遂笑着告诉我，那是她挑的，她就喜欢漂亮的碗啊碟子的。"我家里那个人也喜欢。"她补充道。

我第一次认真打量他们的小屋。一条粉色的布帘子搭着，里面做了他们的起居室。面粉袋和米袋整齐地码在墙边。一个灶头的小煤气灶，挨门口放着。切面条的案板占去了屋内大半个地方，局促到转身也难。但装幸福，足够了。

男人去酒店送面条回来了。油锅里的油温升起来，翠绿的葱花撒下去，爆出香。男人探头进来，说："好香。"女人抬头冲男人笑，应道："饭就快好了。"

我提着面条跟他们告别，心变得快乐轻盈。我踩着林荫道上树的影子，向着我的小家走去，觉得这活着的有意思。素心如简，他的笑脸，她的笑脸，让一屋子的简陋，变得璀璨华贵。

小　满

　　大自然这本书，哪一页都是生动着的，内容丰富多彩着的。

　　突然地，想起槐花。这时节，槐花应该正当时。

　　顺便地，想起其他的花来。

　　从我所在的教学楼的三层，或是四层。朝北的窗户，往下俯瞰，是小城居民的老房子。一律的平房。房前都长着高高的泡桐树。四月里，泡桐开花，累累一树紫色的花，柔媚得不成样了。我上课的间隙，总自觉不自觉把眼光扫过去，为它欢喜得心疼。它就那么开着，那么开着啊，撑着一树紫色的"铃铛"。风摇，"铃铛"似乎叮当有声，声声都是在唤：春且留住。春且留住。

　　春到底留不住的，谷雨过了，立夏又至。却不让人过分伤感，因为大自然这本书，哪一页都是生动着的，内容丰富多彩着的。这一页翻过去，又有着崭新的一页开始了。

小满也就来了。

怎么来说小满呢？古籍解释："物至于此小得盈满。"这个时候的乡下，"麦穗初齐稚子娇，桑叶正肥蚕食饱"。青蚕豆也大量上市了，成了寻常百姓家餐桌上的主打菜。蒜薹烧青蚕豆是好吃的。雪菜烧青蚕豆是好吃的。油焖着，也是好吃的。哪怕就清水里煮煮，稍稍搁点盐和酱，也是好吃的。乡下孩子的零食，就有了水煮蚕豆。家里的老祖母是慈祥的，她忙里偷闲，用棉线把粒粒青蚕豆给穿起来，做成蚕豆项链。煮粥时，丢进粥锅里。粥熟，蚕豆项链也熟了。捞出来，放冷水里浸一浸，挂到孩子的脖子上。这孩子就幸福得直冒泡泡了，他（她）显摆地满村子跑，一边跑，一边摘着吃。想吃哪颗，就吃哪颗。满嘴的蚕豆香。

值此时，山河庄严，好风好水，日月安稳。一切的物事，都有着小小的富足丰盈。

这时的小满，多像是婚姻里的小女人，脸庞圆润，性情温和。她的样貌算不得很美，但耐看。她养鸡几只，养鸭几只，还养几只羊。也养猫和狗。她在屋前种花，屋后种菜。她出门，狗跟着。她回家，猫迎着。篮子里有青青的草在颠着，羊看见了高兴得冲她"咩咩"叫。篮子里也放菜蔬，青青的韭和豆荚，那是一家人的甜和香。她围着锅台转，一日三餐的家常里，注入了她的柔情她的蜜意。男人吃得饱饱的。孩子吃得饱饱的。她在一边笑眉笑眼地看着，很有成就感。

是的是的，她一生没有大的追求，欲望也只有这么多：粮仓里有余粮；屋檐下有鸡鸭在叫唤；孩子健康着；男人平安着；一家人和和美美的。小日子里，就有了满满的小幸福、小富足。外面再多的富贵繁华，她都不稀罕了。

小满即安。她懂。

我也懂。我在小满前后，守着阳台上几盆绣球花，等着它们开花。它们攥着无数的小拳头，正做着香艳的梦。心里的秘密，却经不住小满的召唤，一点一点，偷跑出来。那些粉红的，或是粉白的。

有一两只蝴蝶，也不时来光顾。一只黑底子红斑点的。一只蓝底子黑斑点的。花就要开了，就要开了。

对我来说，日子里有花可看，有蝴蝶可等，都堪称，小美好了。

挂在墙上的蒲扇

曾经一个个摇着蒲扇的人，都跟着岁月远去了。

逛街，偶见一地摊，摆在护城河畔，卖些杂七杂八的物什，有针头线脑、鞋垫淘米篮子啥的。在地摊一角，竟横七竖八摆了些蒲扇卖，扇面上烫了画，小巧盈手，更像工艺品。

这是走了样的蒲扇，但到底是蒲扇，心底泛起久别重逢的欢喜。我停下来买一把。那人问，买了做什么？我答，回去挂墙上。

记忆里，没有蒲扇的夏天，哪里叫夏天？

小时候，夏天纳凉的唯一工具，是蒲扇。哪家少得了它？卖蒲扇的男人，担着一担子的蒲扇，到乡下来。他手里擎把大蒲扇，大烈日下，边扇风边挡太阳。主妇们围拢过去挑，七嘴八舌。其实有什么可挑的？都是一样的，簇新簇新的。新做的蒲扇，面容洁净，笋白着。闻闻，有股麦秸的味道。

买回的蒲扇，主妇们都用布条，把边子重走上一遍。镶了边的蒲扇，有些沉，扇的风，不爽快。但耐用啊，即使天天摇，一个夏天也摇不坏，可以留着，待下一年夏天再用。

晚上，村人们三五个聚一起，在空地上纳凉。人人手里一把蒲扇，不紧不慢地摇，摇出了不少的俚语笑话。孩子们是绝没有耐心摇蒲扇的，他们呼朋引伴，一窝蜂地钻草堆、蹲草丛，玩得汗流浃背。总有母亲，捉了自家的孩子，用蒲扇在他（她）屁股上敲两下，怒斥：你能不能安神点？瞧瞧，刚洗完澡的，身上又淌湿了！

理她呢。撇撇嘴，嬉皮笑脸，"哧溜"一下，如小泥鳅似的滑开去。草丛里的热闹，永远吸引着孩子。萤火虫装了大半瓶。真可怜了那些小虫子，它们若不是那么招摇，何至于落下被囚禁的命运？到最后，如何安置"囚犯"，孩子们已不理会了，瓶子多半随手扔了。第二天晚上，另找了空瓶子来，再捉。夏夜的天空下，萤火虫永远多得像天上的星星。

玩累了，一个个躺到自家搭在门前的门板上，安静下来。夜渐渐深了，四周的声音，渐渐隐伏于夜的深处。这个时候，稻花的清香，随风飘来，一阵一阵。有鸡在梦中打鸣。天上的星星，繁密得像撒落的米粒。

祖母摇着蒲扇讲故事，重重复复讲的都是小媳妇遇到恶婆婆了。她摇着摇着，速度慢下来，嘴里的呢喃，终至消失。鼾声起。我们抬眼看她，她坐在椅子上，头垂着，嘴巴微张。握蒲扇的手，也垂着。我们扯拉她手里的扇子，祖母惊醒，用扇柄轻敲我们的手，笑说，调皮啊。复又摇起来……

这样的景，再无处可寻。曾经一个个摇着蒲扇的人，都跟着岁月远去了。我的外婆走了，我的祖母走了。而我每次回乡下，母亲都要告诉我，哪个我熟悉的乡亲，也走了。偌大的乡下，再不见了蒲扇的影子。家家都装电扇了，甚至蚊帐里，也挂上一台。仿佛这承载了三千多年历史的蒲扇，从不曾来过。

我把新买的蒲扇挂上墙。我指着它，告诉邻家三岁小儿，我说这叫蒲扇，是用来扇风的。

华丽缘

你能经受住苦难的磨炼，你终将找到，生活赐予你的华美。

觉得那树真叫华丽，秋的帷幕一经拉开，它就满树挂上了红灯笼，在越来越高远的天空下，光彩照人着。

路旁，它站着，一棵，一棵。春天，它新冒出的嫩叶，不是柔软的绿，而是别样的红——这也被我们忽略了，以为那不过是普通的红叶树罢了。夏天，它的叶，走了从俗的路，变绿了，与其他植物浑然一体，这更容易让我们忽略了。虽然，它金色的小花，一簇一簇开了。可是，那么细小，米粉一样的，与满树的绿叶，相融在一起，不显山不露水的，谁留意？风吹，金色的小花落了一地。我们走过，望着地上铺得密密的小花，也仅仅是惊讶了一下，这是什么花呀？却根本没打算去相识相知。路过的风景太多，它也只是寻常。

直到，有那么一天，我骑着单车，慢慢地，从一座桥上下来。桥头的景致，日日相似。桥那头，蹲着一个爆米花的男人，总见他披一件旧的军大衣，头上戴一顶旧军帽。一旁的收音机里，铿铿锵锵的锣鼓声，喧喧嚷嚷——他在听京剧。他的脚跟前，一副铁架支撑着，下有一簇小火，烘烤着上面的黑色小滚筒，滚筒里装着玉米粒。有时，他身边围满人，大家都在等新爆出的玉米花。有时，他身边没人，他就独自摇着那只黑色小滚筒，一边咿咿呀呀跟着收音机里唱，好不自在。每望见他，我的心里，总会腾出说不出的欢喜来，他在，那个桥头，便有了温度。桥这头，卖鞋垫和小物什的妇人，守着她的鞋垫摊子，轻掸着上面的尘。那动作真是优雅至极，她却不知。她只管笑微微地，轻轻掸着，一边拿眼睛看着路过的人。然后，我的眼睛，就看到了那些"花"，三瓣儿抱成一朵，小红灯笼似的。朵朵相连，簇拥成一个大花球。远观，绿叶之上，大捧的红花球，夺目得竟不似真的。它们在半空中盛开着，累累的，一树，又一树，一直延伸到路的尽头去了。

我当即被它惊得目瞪口呆，它怎么可以如此华丽！这个时候，我尚不知它有个很端庄的名字，叫栾树，又名灯笼树的。我亦不知那些夺目的花朵，其实不是花朵，而是它结的果。果里还藏着另一个乾坤，几粒黑得透亮的种子，躺在里面，形似佛珠。也真有人拿它制作佛珠，故寺院中多栽种此树。这些，都是我后来询问了很多人、查阅了相关资料才得知的。这期间，它并不因我的不知道，而懈怠一点点，它殷勤地、蓬勃地结着它的果，从浅黄，到金黄，慢慢至微红，再到深红。直至一树一树，都燃烧起来了，在秋意渐深的天空下，绚烂。

我想起我教过的一个女学生。女学生家境清寒，父亲在乡下务农，忠厚木讷。母亲是个聋哑人。她本人长相极其普通，穿着简朴，成绩一般，平时寡言少语。这样的女孩子，前途极易被人预测——至多上个三流大学，或者，高中毕业后回乡下去，早早地嫁人，走父亲的路。然而最后，她却让所有人大吃一惊，她竟考上了一所知名的美术学院。当有人向她探询考上的秘密时，她淡淡说了句，我已默默练了七年的绘画。

佛说，世上的苦难里，原都藏着珍珠。你能经受住苦难的磨炼，你终将找到，生活赐予你的华美。这就像栾树，在经历了漫长的沉寂之后，它终于，迎来了属于它的华丽。

只要听着，就好了

茫茫的大森林里，只有静。偶尔的一两声鸟啼，仿佛响在梦境。

九月的莫尔道嘎，层林渐染，一片绚烂。据说再过几天，就要下雪了。少游人。

我一路看过去，看山，看树，看石头。茫茫的大森林里，只有静。偶尔的一两声鸟啼，仿佛响在梦境。

我在半山腰的一块大石头上，坐下来歇息。

一老妇人突然走过来，挨着我坐下。一手提一只桦树皮编的篮子，一手拎一只红塑料桶。我看一眼，篮子里装的是松子。红塑料桶中，装的是小红果子。——她是来卖山货的。

我扭头冲她笑笑。她也冲我笑笑。满脸的褶皱抖抖索索，像山风拂过林梢。

我等着她开口。以为她定要向我推销她的山货的，却没有。

她沉默着，我便也沉默着。我们一起看山。一阵风过，桦树的叶子大片大片飘落下来，簌簌作响。有一两枚落在我的膝上，像大蝴蝶。

我捡起来，拿手上把玩。她转头看着我，忽然说，我们这大山里好东西多着呢。不等我开口，她接着说下去，我们这大山里，长杜香和红豆，树上还结松子。

哎，这是红豆，她指指身边红塑料桶中的红果子。好吃呢，她抓一把，就要塞我手上，请我品尝。

我谢了她的好意。

她又一指桦树皮篮子，这是松子，我炒的，香着呢。她同样抓一把，要塞我手上。

我不知所措。

一下雪，这里就看不见人啦，一个人也看不见，雪把山全封起来啦。

鹿也看不见啦，熊也看不见啦。

真的有鹿吗？真的有熊吗？我惊奇。

哦，什么也看不见啦，我就在家里烤烤火。成天的，就是烤烤火。她好像没听到我的问话，自顾自地说下去。

我想出门看看我的亮娃子，也不行啦，出不去啦，雪把路全封住啦。

一到下雪天，我就怕他冷呵。他一个人住在这山上，该多冷啊。

我一头雾水，接不了她的话，只静静看着她。

姑娘，你是哪里人呀？她突然停顿了一下，偏过头来问我。

江苏。我答。

江苏啊，江苏是个好地方啊。她的眼睛，看着前方眯起来，眯成一条缝。山峦叠嶂，外面的世界，隔得很遥远。

我的亮娃子到过北京呢。

姑娘，你去过北京没有？她问。却并不需要我的回答，她顾自喃喃，北京好啊，北京热闹啊，晚上到处都挂着灯，我的亮娃子说，等他挣到钱了，就带我去看看。

哎呀，我可不去，那么远，我跑不动喽。

那么多的车啊，跑得比人快呵，我的亮娃子也跑不过车。

我的亮娃子也就回来了，他再也不出远门了，他永远住在这山上啦。十二年啦，十二年喽。

我似乎感觉到了什么，我不说话，只静静听她说。有时，只要听着，就好了。

哦，快下雪了，一下雪，雪就把山全封住了。

鹿也看不见啦，熊也看不见啦，一个人也看不见啦。

我就在家烤烤火，烤着烤着，雪也就化了。

她说到这儿，独自微笑起来。然后，拎起她的桦树皮篮子和红塑料桶，蹒跚着下山。走两步，她忽然折回头，很认真地对我说，姑娘，你是个好人，我会记住你的。

老画室

你若不走近门，门不会为你打开。而那种叫幸福的东西，往往就守候在门外。

我在宾馆等车。

约好上午十点的车，来送我离开丰县，此次的丰县之行，算是告一段落。残联的负责人突然托人约见我，问，能不能见一见刘社会？

刘社会是他们树立的典型。四岁时因患小儿麻痹症，导致左下肢残疾，走路极不利索。正是这样一个人，却两次奋不顾身，跳下冰水里去救人性命。

这种事迹——多少有些宣传的味道，不喜，我当即拒绝。却被他们送来的画册吸引，里面夹了数张画作，印成明信片大小。上面有树有花，有河流有草地，也有村庄和孩子。都以明黄色作底子，看上去又温暖又静好。

那种温暖打动了我，我问，谁画的？

答，就是这个刘社会啊，他经营着一家老画室的。

我要去看！我几乎不假思索。会不会因此延误了火车，都不去管了的。

于是，我见到了老画室。

乍见之下，实在意外，是因为，它太袖珍了。它的左边是家杂货铺，右边是家修理铺，店铺都很大。它挤在中间，委实瘦弱，面积绝不会超过十个平米。

老画室的主人——刘社会，打老远就迎上来。这是个五十岁上下的男人，他穿一件普通得不能再普通的酱黄色外套，头大，身子小，其貌不扬。他冲着我笑，有些拘谨。若不是陪同的人介绍，我很难把他跟艺术扯上边。

老画室里却乾坤大。墙上挂满画作。地上堆着画作。椅子上架着画作。有他画的，有他的弟子们画的。都是温暖系的，大自然、村庄、孩子，那是他们取之不竭的源。他说，我喜欢画这些，我喜欢那种宁静和美好。

已是桃李遍天下了。弟子们都出息得很，全国知名的美术院校，几乎都有他弟子的身影。他先后培养出八九十个美术高才生。——说起这个，他脸上有骄傲色，笑个不停，是欣慰，也是幸福。

曾经，却是在不幸里跌打滚爬着的。四岁时的那场灾难，注定了他一辈子与残疾为伍。他受过多少的冷落欺凌，只他知

279

道。——这些，都可以忽略不计了。最大的打击，是他高考那年，他考上了南京师范大学，满心欢喜地等着通知书入学，却因他是残疾，体检不合格，而被拒之门外。

那时，一个清贫的农家子弟，最大的希望和出路，就是上大学。这条路，对他来说，却完完全全给堵死了。老家的那几间土屋接纳了他，他守在那里，用手里的画笔疗伤。他画啊画啊，画出了一个"老画室"。县城一隅，这么不起眼的一小块地方，放他的艺术梦，足够了。

越来越多的人，知道了老画室，知道了他。不断有孩子被送来，跟他后面学画画。他自定一条规定，残疾孩子一律免费。

他的爱情，也因此降临。

女孩是他的学生，仰慕着他的才华，敬佩着他的为人，一日一日，情愫暗生。女孩在他的悉心栽培下，考入苏州美院，学成，没留在那座粉艳艳的城，而是回到了清贫的他的身边，与他携手。他们拥有了两个漂亮的女儿，一家四口，其乐融融。老画室里挂着他画的小女儿像，白衣红裙的少女，像蓓蕾初放。他自豪地介绍，这是我小女儿，今年读初中二年级了。

这个生在刘邦故里、叫刘社会的男人，有着不服输不认命的个性，他凭借自身的奋斗和努力，活出了属于他的精彩人生。他让我想起一句很哲理的话，你若不走近门，门不会为你打开。

而那种叫幸福的东西，往往就守候在门外。

你看你看，有时出生并不重要。
重要的是，你将以什么样的姿势盛开。

岁月再多的惊涛骇浪，最后，终将被生所取代。

时间无垠，万物在其中

时间无垠，万物在其中，原各有各的来处和去处，各有各的存活的本领和技能。

一

雨后，我去离家不远的植物园散步。栀子花开了，浓烈的香，把一方空气，调拌得醇厚黏稠，却不叫人不愉快。天空干净，大地水灵灵的，我袭一身花香走着，觉得这样的日子，都是恩赐。

一只蜘蛛忙得很。它把家安在栀子树上，在一花朵与另一花朵之间来回穿梭——它在忙着织它的网。

一阵风来，叶子上托着的小雨滴，纷纷滑落，很轻易就把它的网给弄破了。蜘蛛显然愣了一愣，它顿住，惊诧地望着破了的网，有些无可奈何，又有些伤心。但很快的，它又重整旗鼓，忙着穿梭起来，继续织它的网。

我散一圈步回头，它的网，已织得差不多了，在湿润的天光里，闪着银光。跟一幅精湛的绣品似的，针脚密布匀称，丝丝入扣。怕是再高超的绣娘，也要自叹弗如了。

我为一只小蜘蛛的执着和本事，倾倒。

也是这样的雨后，我在家旁的小路上，偶遇到一只小鸟。仅仅一只。它有着黑褐色的小身子，颈项处，缀着一小撮蓝，头上却奇怪地长着角。雨后寂静，路上行人稀少。鸟似乎很享受这样的寂静，它不蹦跳了，它散起步来。那真是散步，绅士一样的。我停在不远处，傻傻看它。它那煞有介事的模样，让我觉得，它头上的角，不是角，而是隆重戴着的王冠。它是它自己的王。

它叫什么名字？从哪里来，又要去往哪里？

鸟根本不在意我的疑问，它也没打算要告诉我。它继续散着它的步，不紧不慢，缓步而行。许久之后，它才"呼"的一声，飞到近旁的一棵树上。

六月，栾树的花，正细密地开。

二

收拾书桌，看到一只小瓢虫，伏在我的书桌上，不过绿豆大小。

门窗密封，它是怎么进到我的屋子里的？它又在我的屋子里待多久了？都吃了些什么，又睡在哪里？——这些，我都一无所知。

它大概觉得屋子里不好玩了，努力挣扎着要飞出去。它从我的书桌上，爬上了我的窗，爬到窗户的缝隙里，在那里瞎折腾，晕头转向，跌跌撞撞。我也不去管它，自去做我的事。我一边做事，一边有些不怀好意地想着，小东西，你怕是白费力气了，那么严密的窗户，你是注定要失败的。等我做完手头的事，再去看，那里早已没了小瓢虫的身影——它终于飞出去了。

想起小时，家里老母鸡孵小鸡，我日日跑去看。到小鸡要挣破蛋壳时，我最激动。都看见小鸡的头了。都看见小鸡的身子了。都看见小鸡的脚了。小鸡在蛋壳里乱踢腾，很挣扎的样子，我忍不住伸手想戳破蛋壳去帮它。祖母严厉制止，不要动它，等它要出来时，它自己会跑出来的。我吃完午饭，小鸡果真自己出来了，站在竹匾子里，兴奋地东张西望着，抖着它一身柔软的小绒毛。

时间无垠，万物在其中，原各有各的来处和去处，各有各的存活的本领和技能。

第七辑
人间岁月，各自喜悦

喧闹远去，唯留宁
静。我以为，这样
的宁静，更接近生
命的本质。

打 春

花朵以花朵的样子绽放，青草以青草的样子碧绿。春天不负众望，就这样，被打来了。

不知是不是古人的性子比今人的急，春天还离得老远，冬天的冰寒还在，他们就张罗着迎春了。怎么迎？早早用桑木做了牛的骨架，冬至节后，取土覆盖其上，塑成泥牛。立春这天，众人皆盛装而出，载歌载舞，用彩鞭鞭打塑好的泥牛，祈求一年风调雨顺、五谷丰登。礼毕，抢得泥牛碎片归家，视为吉祥。

起初，这也仅仅是皇室行为。每逢这天，皇帝亲自出马，主持这场仪式。史书有记载，泥塑的春牛"从午门中门入，至乾清门、慈宁门恭进，内监各接奏，礼毕皆退"。那场景，浩大隆重，庄严神圣。后来，这种仪式流传至民间，成为全民运动，代代相传，谓之，打春。

这里的"打"字，极有意思，透着欢腾，透着喜庆。在过去很多年代里，农事其实就是牛事。没有牛耕地，哪来的土地松软、五谷丰登？而一冬的歇息，农人们早就急不可耐了，他们日日与土地亲，哪里经得起一冬的闲置？骨头都歇得疼的。我的母亲就是这样的，带她来城里过两天舒坦日子，她浑身不对劲，软绵绵的，仿佛生了病。放她一回乡下，她啥事也没有了，精神抖擞，眉开眼笑，地里的活儿多得数不尽，她哪里有空闲生病？照我母亲的话说，劳动惯了，歇不下来的。

牛呢？整个冬天，它都卧在牛屋里享福，长膘了，身子骨也懒了。这个时候，需要敲打敲打它，给它提个醒，伙计，是时候了，该活动活动筋骨，下田春耕了。一年之计在于春，春的劳作，至此，轰轰烈烈拉开了帷幕。

其实，在彩鞭挥打中，不单单透着欢腾，还透着亲昵。哪里是真打？而是轻轻拍打，带着疼惜，带着宽容。像唤一个贪睡的孩子，你看，厨房里有那么多好吃的，外面有那么多好玩的。吃？不，不，这还不足以吸引孩子，玩才是顶重要的。风起了。风暖了。屋外的鸟叫声多起来，风筝可以飞上天了。孩子睁开睡得惺忪的眼，窗外的热闹，招惹得孩子心里痒，孩子一跃而起。

我以为，春天一定也是这么一跃而起的。它从沉睡的土地上，从沉睡的河流上，从沉睡的枝头上，从万物沉睡的眉睫上，一跃而起。哎呀，一拍打，浑身都是劲，它伸胳膊踢腿，满世界地撒着欢。

乡下有谚语:"打了春,赤脚奔。"好长时间里,我不能明白这句谚语,打了春,天也还寒着,甚至还会飘过几场雪,哪里能赤脚奔跑?现在想着,那其实是人的心里怀的一种期盼,是恨不得立即轻舞飞扬,在裸露的枝头上,长出翠绿的梦想。有期盼,这人生活着才有奔头。

现在,农人们的农具擦得锃亮。河流解冻的声音,如同歌唱。紧接着,虫子醒了。紧接着,万物萌芽。紧接着,花朵以花朵的样子绽放,青草以青草的样子碧绿。春天不负众望,就这样,被打来了。

簪菜花

春行到此处，该绿的叶都绿了，该开的花都开了。

清明是春天的一道分水岭，春行到此处，该绿的叶都绿了，该开的花都开了。随便一搭眼望过去，褐色的大地上，到处簪满黄花绿草。难怪古人把清明节又叫作踏青节。春光撩人哪，此时不踏青，更待何时？

宋吴惟信在《苏堤清明即事》中写道："梨花风起正清明，游子寻春半出城。日暮笙歌收拾去，万株杨柳属流莺。"瞧瞧，这等踏青，何等浪漫！将近半城的人，于清明这天倾巢而出。放眼处，梨花飘白，杨柳依依。人们三五成群，笙歌飞扬，一直玩到日暮才尽兴而归。而在张择端的风俗画《清明上河图》里，清明又是另一番喧闹景象：汴河沿岸，房屋齐整，树木参天，男男女女云集，有坐了船来的，有乘了马车来的，摩肩接踵，挤挤挨挨。踏青的盛况，可见一斑。

我的乡下，不踏青。乡人们日日与大地相伴，早已融入彼此的生命中，无须多出这一章节。但在清明这天祭祀的风俗，却被沿袭下来，一代一代。他们称清明节为鬼节，说这一天，被阎王爷拘禁着的大鬼小鬼都出来放风了。于是家家烧纸钱，户户祭祖先。菜花地里的土坟，早几天前就被装扮一新，新培了土，坟上插满大大小小的红纸幡白纸幡。在成波成浪的菜花映衬下，那些红纸幡白纸幡，很像纷飞的红蝴蝶白蝴蝶。我们小孩子，平日里闻鬼即怕，这时却都忘了怕了，远远望着那些坟，觉得无限神秘。

清明这天，祖母捉住到处乱跑的我们，把我们一个一个撤到堂屋中央，让我们对着家盛柜磕头。家盛柜上，摆有祖宗的牌位，上面立着我们未曾谋面过的老爹老太。供品都是家常小菜，碗里的饭，堆得尖尖的，上面插着筷子。一旁燃着香与烛火，气氛庄严。祖母说，好好给祖宗亡人磕头，祖宗亡人会保佑你们平安的。

头磕完，没我们的事了，我们撒腿跑出去，折杨柳，掐菜花。底下有一个重大活动，那就是簪菜花。女孩子头发长，花好簪，随便掐两朵，簪在辫梢上，或是发里面。男孩子多是短发，花簪不住。他们想了主意，先用杨柳编成花环，把菜花一朵一朵簪在上面，然后戴在头上，就是灿烂的花冠了。

大人们此时都是宽容的，由了我们一朵菜花一朵菜花地糟蹋去，因为清明这天就该簪菜花。有歌谣是这样唱的："清明不戴菜花，死了变黄瓜。"至于菜花与黄瓜，到底有没有关联，不管的。我们头上簪满菜花，在乡间土路上又蹦又跳地唱。一场沉重的纪念，愣是被我们演绎成无尽的快乐。

成年后，我曾翻阅大量资料，想找出清明节簪菜花的由来，无果。我也曾就此问过老一辈的人。老一辈的人呵呵乐了，说，祖上就是这样流传下来的啊。

多好的流传！我想，怀念本是一种温暖行为，而非冰凉与凄清。当菜花簪满头，它昭示的是：我会记住那些逝去的爱，我将心怀美好地活着。

红绸伞

一辈子只忠诚于一件事，相伴成老友，相伴成生命，也是一种了不得的坚守吧。

用了没多久的一把红绸伞，坏了，一支骨架断裂。

这把红绸伞，是去秋在西湖边上买的。卖伞的女子很温润，她说，纯手工制作的呢。你看，这上面的一圈花，是一针一线绣上去的呀！

我对纯手工制作的东西，向来难抵诱惑，那上面，浸染着手底的情意和温暖。买，自然买。

我其实，还暗暗有着另一层欢喜——西湖是因一把小伞而天长地久的。当年的白蛇，修炼成人形后，是撑着这把小伞，相遇到她的爱情的。带着甜蜜，带着无限向往，痴情的白蛇，一头坠进红尘里。

可是，再好的爱情，跌落到红尘中，也会被慢慢磨去光泽。

都说许仙是因耳朵根子软，上了法海的当，才导致白蛇最后被压雷峰塔下。我以为，真相不是这样的。真相是，一日一日，她在他身侧，早已褪去神仙的光环，变成俗世里的庸常。他日益淡了爱的心，也有了磕绊与不相让。这个时候，若不是法海，是别个什么人，对他说上三两句似是而非的话，针对他的娘子。他面上或许也争辩，但心里，是留着暗影的——他已不全信她。哪像热恋的当初，他宁肯背叛全世界，也要与她好。好是样样都好，是十全十美，没有半点质疑的，怎会相信她是蛇变的！又怎会被法海骗去金山寺！

他终究，不过是凡俗中一个极凡俗的男人罢了，自私，懦弱，没有担当。她的情，托付错了人。断桥相遇，可怜她还一声断肠，相公啊！千年的红伞还在，不知多少男人，为之羞愧脸红呢。

停箸，与那人玩笑，我说，若我是白蛇变的。

那人断喝一声，吃你的饭吧，你满脑子都在瞎想什么呢！一只鸡腿，随即到了我碗里，他用它，来塞我的嘴。

不知为什么，要感动。我傻傻地看着眼前这个人，有了要与他山盟海誓的冲动。我说，下辈子，下下辈子，再下下辈子，你也要记得来找我啊。

我会撑着一把红绸伞的。

我满大街去找修伞的。

记忆里，修伞的师傅是背着工具下乡的。还有修碗的，磨剪刀的，挑货郎担的，拍照的，弹棉花的，放电影的，爆米花的……

　　偏僻乡野，因这些人的到来，总能引起一阵轰动。节日般的喧腾。

　　他们打哪儿来的呢？这是我小时候顶好奇的事。在我的眼里，他们好像是庄稼，就那么从远处的田埂边冒了出来，棵棵饱满葱茏。田埂的尽头，连着别的村庄。别的村庄外，还是村庄。

　　喜欢，真喜欢呀。觉得田埂尽头，肯定有口大魔术袋，总能从里面变出一些新的人来。

　　修伞的师傅一来，家家都找出笨笨的油纸伞。这把骨架断了，那把油纸破了。有的伞都破旧得不成样了，跟一堆烂树皮似的。那家人，居然也抱着它，让修伞师傅修。

　　修伞师傅是个着蓝衫的中年男人，他总是好脾气地笑笑，说，放下吧。

　　他在村口的一棵大槐树下坐定，取出工具。他的脚跟边，很快堆满了受伤的伞。旁边围一圈人，一边谈笑，一边看他做活。

　　到太阳落山，家家户户都能拿回修好的伞了。修伞师傅揉揉酸疼的腰，站起来，笑笑的，额发上落着夕照的金粉。

　　我们小孩争着去打伞。祖母不让，祖母骂，好好的天，打什么伞！她小心收叠起那把油纸伞。

我开始盼下雨，好撑着这把修好的伞，在雨中走。

我在一条旧的小巷子里，终于找到修伞的。

一个腿脚不便的老人，他还兼修锁和鞋子之类的。大多数时候，他少有活干，也只是拨弄着几双捡来的破球鞋，给这双鞋添上一行针脚，给那双鞋打上一块补丁。打发时光罢了。

是打小就吃这碗饭的，这一吃，就是五十多年。

丢不开了，一天不出来摆摊儿，心里就空得慌，老人絮絮叨叨地告诉我。

这已不单纯是一门手艺了。这俨然成了老人生命的一部分，就跟老人身上的一根肋骨似的。

一辈子只忠诚于一件事，相伴成老友，相伴成生命，也是一种了不得的坚守吧。我看着老人，心生敬意。

老人对我的到来，很是欢喜和感激，忙不迭地摊开工具。他说，现在的人啊，早已不在乎这个了，坏了，就扔掉，重买一把新的。

是啊，谁还会捧一把破伞，满大街找着修呢。

生命中，总有一些要消失，总有一些要重新开始。我们能做的，也只是坚守着自己的坚守。能坚守多久，就坚守多久。

老人慢慢修。我慢慢等。路过的人，都在那里停一停，看看我们。像看风景。

这是这个世间，最后的风景了。

午时安昌

有坚守在，一些传统才不会走丢。

是在去沈园的路上，偶然听到摇橹的船夫，在跟游客闲聊，安昌啊，那可是我们绍兴最地道的古镇了。仅这一句，便勾起我无限向往，我问，安昌在哪？船夫答，就在这附近啊，坐公交车十分钟就到了。心一喜，匆匆游完沈园，马不停蹄奔着安昌而去。

午时的安昌，有着喧闹中的宁静，像一扁舟，泊在那儿。风走，云走，它不走。它就在那里，承载着日月星辉，绵延千年。

一条河，当街横卧，街景便在这条河里铺陈：连成一片的翻轩骑楼。灰扑扑的廊棚。一盏一盏的红灯笼。最惹眼的，莫过于那廊下横梁上，晾着的一串串腊肠，黑里透亮，酱色浓郁。远观去，像垂着一幅幅黑色门帘似的。

走进去，内里乾坤大。青石板铺就的街道，一路延伸。这家酒楼，挨着那家作坊。胖胖的酒瓮蹲着，卖的是绍兴特产——黄酒。卖霉干菜的多，几乎家家门口，都搁着几大袋子霉干菜。老茶馆安在，桌椅都上了年纪了，几个当地老人在里面喝茶，眼睛闲闲地望向门外。门外的河里，偶有一两只乌篷船经过。摇橹的汉子不用手摇，用脚踩，他踩着那只乌篷船，轻盈盈的，向着一条拱桥去了。

听不到任何买卖的吆喝声，你只管一样一样地看吧，他们忙活着他们的，做酱鸭，灌香肠，扯白糖……凡尘俗世，食是天。抬头，视线里忽然撞进一个老人来，老人戴毡帽，着长衫，长髯飘飘，气定神闲地独坐在屋门口呷酒，面前两碟小菜。他的头顶上方，悬一酒幡，上书：宝麟酒家。我探头进去，屋内狭窄且破旧，全无酒楼四壁亮堂的景象。正疑惑着，老人突然开口了，眼光灼灼地看着我们问，要吃饭喔？只有我这里才能做出正宗的绍兴小吃来的。我们还未及答话，他又说下去，你们如果想要了解绍兴的风土人情，我这里都有，也只有我这里收藏得最全了。我笑了，他骄傲得跟块活化石似的，怕也是安昌"特产"呢。后来得知，他果真是安昌"特产"，是安昌的"名片"，名叫沈宝麟，对安昌的历史，如数家珍，上过好几回电视的。

逢到一箍桶铺。铺里除了老师傅外，还有个二十来岁的年轻人。他们曲着腰、埋着头，拿锤子不停地凿着桶盘的毛坯。

门口摆着一只只做好的木桶，大大小小，桶身锃亮。婚嫁老习俗流传多久了？说不清的。祖上的祖上，就是这么做的，姑娘出嫁，嫁妆里，少不了几只木桶，其中至关重要的，是子孙桶。这桶，既要做得结实，又要做得漂亮，人家是要当传家宝，传给子孙后代的。我们站着看了很久，他们一直没抬头，专注地在桶盘上打磨，直磨得木头如同玉石般光洁——他们把箍桶的活儿，当作艺术在做。忽然感动了，有坚守在，一些传统才不会走丢。

扯白糖算得上是安昌一绝，三里长街上，扯白糖的大师比比皆是。七十五岁的老人陈师傅，在家门口扯白糖，瘦削的一个人，竟把白糖扯出丈把长，跟舞台上的优伶甩水袖似的。我们看呆了，夸他，您真了不得。他笑，这没什么，我打小就会扯的。我扯的白糖好吃，绵，劲道，老人夸他的白糖。这么夸糖的真够新鲜，我们乐得掏钱买他的扯白糖。买一袋，再买一袋，绵白绵白的，捧在怀里，把一份悠远古老的甜蜜，也一同揣进怀里面。

遇到一年轻女人，独自背着包在逛，这儿摸摸，那儿碰碰，很贪恋的样子。在一座石桥上，她拿了相机，请我们帮她拍张照片。她倚着桥栏，笑得很好看。她的背后，是高低错落的骑楼。屋顶上，黛青的小瓦，井然有序地排列着。阳光泊在瓦楞上，鱼鳞似的跳跃着。檐下成串的腊肠，油黑饱满，把纯朴的古风，扯得悠长悠长的。

姚二烧饼

尘世的寻常里，有香，有静，有稳妥，有相守。

早上起来，突然想吃烧饼了，姚二烧饼。

姚二烧饼出名，小城里，好多人都知道。那是伴着一代人成长的。有孩子长大了，去外地工作，回忆家乡的味道，少不了要说说姚二烧饼。"想吃啊。"他们说。半夜里爬上微博发图，画饼充馋。

是条很古旧的居民巷子。小城里，原来有好多这样的老巷道，都铲除掉重建了，唯独这条巷道，还保留着。两边的房，高不过两层，大多数是平房。一家挨一家，密密匝匝。这家炒菜那家香，那家说话这家应，真个是和睦又亲厚。我从那里走过，常恍惚着，以为掉进了旧时光。

姚二烧饼店就在这条老巷子里。很小的门面，墙体灰不溜秋的。屋上的瓦，也是灰不溜秋的。门口搭一遮雨棚，烧饼炉子就摆在那雨棚下。等烧饼的间隙，人站在店门口往里看，里面幽深幽深的，跟口老井似的。有一对眼珠子，突然蓝莹莹地看过来，是只大白猫。都十多岁了，老了。它蜷缩在一张凳子上，如老僧打坐般的，看门口的人，眼神儿透亮透亮的。一张案板，从门口一直延伸到里面。姚二夫妇和面做饼，都在这上面。上面有时还搁着大把大把的葱，肥肥的，绿绿的。

人贪恋那口旧旧的味道。纯手工的，手工擀皮子，手工剁馅，手工贴炉，任炉火慢慢烤着，烤得两面焦黄。烧饼刚出炉时，一股子麦子和芝麻的浓香，不由分说钻进你的五脏肺腑，热烈得有点火辣辣的。为了那口香，他们的烧饼店门口，便常站着不少在等烧饼出炉的人，等多久都愿意。

等的人有时跟姚二夫妇搭话，"姚二，你家生意真好啊。"姚二的女人听了这话，冲说话的人笑一笑，手里的活，没有慢下一点点。姚二则抬一抬眼皮，回道："还凑合吧，承蒙大家关照。"手里的活，也不见慢下一点点。

夫妇二人，都四五十岁了。长相颇相似，胖胖的，敦厚着的。是日子过得很四平八稳的模样。姚二是从 16 岁起，就在这儿摆上了烧饼炉子，之后，一直没挪过地。他结婚后，女人加入进来。夫妇二人起早带晚，做的烧饼，还是不够卖。

有人建议他们，找两个帮手，把店铺再扩一扩。姚二慢言慢语回，不用了，就这样蛮好。

的确，就这样蛮好。好多人都习惯了"就这样"。走过路过，看到他们夫妇，一个在案板上擀皮子，一个在包馅儿，也听不见他们言语什么，大白猫独自蜷在一旁打瞌睡。始觉尘世的寻常里，有香，有静，有稳妥，有相守。没有人介意那店铺的窄小，介意那墙壁和屋上瓦的灰不溜秋，几天不吃姚二烧饼，就很有些想了。

如我这般，一大清早起来，穿过大半个小城，奔了去买。然不过两个星期未见，那黑不溜秋的木门上，已贴上通告一张：姚二烧饼，从今天开始谢幕。谢谢大家多年来的关照。姚二。下面签着年月日。

旁有邻人，看着发呆的我说："每天都有不少人来跑空弯子。唉，关了，不做了，大前天就关了。"我怅惘伫立良久，方才慢慢走回。半路上不住回头，为什么就关了呢，为什么呢？

过几天，不死心，我复跑去看。那里的门面，已全被推翻掉，在重新翻盖和装修。据说要开一家化妆品店了。

心态和情绪

生活的质量有时不仅取决于生命的长度，更取决于生命的厚度。

我们谈论到死亡。

很清晰地谈，很正儿八经地谈，在饭桌上。

他浅斟一小杯酒，端起，又放下。他说，如果——如果现在突然宣布我将死了，我真的会非常难受，难以接受。

我微笑地看着他，想这么一个遇事从不慌乱的男人，说起死亡来，也有了惧色。

话题是因他的姐姐而起。他姐姐患甲亢引起的淋巴癌，已动过一次手术。不过才一年工夫，动过手术的地方，又重新长出瘤来。

医生说，扩散了，没治了。

我姐怕是难逃这一劫了，他说。

窗外是初夏最好的天。气温恰到好处，阳光还不算烈，风吹得轻软。间或有鸟的啁啾，清脆着，宛转着，花瓣一样的，撒落下来。

花总是在前赴后继地开。

榆叶梅开过了，蔷薇开了。蔷薇花开过了，橘子花又开了。小区里，种上了两棵橘子树，树虽还是小棵，花却开得一点不含糊。我是第一次见到橘子花，很是欣喜了一番的。后来我发现，欣喜的远不止我一个，我看到几个带孩子的老妇人，也弯腰屈膝在两棵橘子树前，一脸欢喜地打量着那些小花。那些白白的、秀气的一朵朵，像极了白蔷薇。

橘子花开过了，紧接着石榴花登场了。石榴花一开，就是满树的喜庆。像一个个红衣红裙的小姑娘，俏立在翠绿的枝叶间，真正是惊艳得不得了。

世上真的有太多的盛开，等着我们去看。有太多未见的相遇，等着我们去相见。

可是，死亡——那个看不见的魔，却不知什么时候，会从什么地方窜出来，生生隔断了一切的念、一切的想、一切的眷恋和不舍。我们没有办法，我们只有听任它的摆布。

他说，我还有很多计划要去实施，比方说，我还要开车带你走天下。

我扭头看一看门口，我想象着死亡或许就站在那里。我笑了——它若真的来，我不会冲它发火、对它抱怨。因为，它选择走进哪一家，选择走近哪一个人，总有着它的理由。

他喝下一口酒，疑惑地看我一眼，你笑什么？我们在谈论很严肃的话题的。

我吃一口炒香菇，嗯，味道真不错。我说，命运无论赐予悲，还是喜，我们除了接受，也只有接受。你哭破嗓子，也不能改变一点点。可是，接受与接受又有着区别，一是沉痛地接受，一是笑纳。沉痛地接受，就等于是把自己直接打进地狱，是你自己亲手打的哦。死亡的阴影，无时无刻不笼罩在你头上，你寝食难安，你泡在恐惧和悲苦里。你本来可以再活个三五年的，然因你的沉痛，也许不消半个月，你就归了天。

如果你是满不在乎地笑纳，该吃去吃，该玩去玩，该睡觉时睡觉，该乐活时乐活。那就完全不同了，死亡也会拿你没办法，它只能安静地等着你，看你丰富多彩地，把余下的每一天，都过得像一辈子。

生活的质量有时不仅取决于生命的长度，更取决于生命的厚度。

所以，你姐当下要做的事，不是哭天抹地、忧郁悲伤，而是把她舍不得花的钱拿出来，多出去走走，把她未来得及看到的好，一一看到。把她未来得及品尝到的美食，一一品尝。多买几件好衣服，把自己打扮得漂漂亮亮的。也多去跳舞的人群中，伸伸胳膊踢踢腿。

我相信，这样做，一定会延长你姐的生命的。或许，还会有奇迹发生呢。

他听完，大笑。说，对，心态和情绪最重要。杀死一个人的，往往不是病，而是心态和情绪。

要相爱，请在当下

要相爱，请在当下。当下，你看得见我，我看得见你。你的好，我全部知道。

多年前，我在我的一个高中女同学的毕业纪念册上，一笔一画写下这样的临别赠言：但愿人长久，千里勿相忘。想那时，七月当头，教室窗外，紫桐花落过，巴掌大的叶，布满树梢，阔而肥大。阳光从树叶间，漏下点点滴滴，在教室的窗台上，晃晃悠悠。离别在即，青嫩的心里，定有离愁激荡，于是眼眸对着眼眸，认认真真地相约着，不相忘，不相忘。

多年后，她念初中的小女儿，成了我的热心读者。一天，那小姑娘偶翻她妈妈的毕业纪念册，看到我的名字和我手书的赠言，惊喜之下，发信息给我：梅子阿姨，你还记得有个叫倪素萍的人吗？

谁？这是我的第一反应。小姑娘随后发来我的临别赠言：

但愿人长久，千里勿相忘。我极其陌生地看着，脑子里千遍过万遍筛，昔日的树影花影，重叠在一起，哪里分得清哪张脸与哪张脸？甚至，连名姓也很陌生了。——当初的信誓旦旦，原是不算数的。

同样的年华，有过喜欢的男孩子，许诺过将来。将来，等我们大学毕业了，等我们工作了，一定要一起去海南看海。那时，有歌流行，歌中有两句唱词：请到天涯海角来，这里四季花常开。我们一边哼唱着，一边向往着。彼时的心里，最大的甜蜜与幸福，莫过于海边相守。

后来，我们真的毕业了，我们真的工作了，誓言却被丢进风里面。起初还偶尔想上一想，再然后，生活的千锤百炼，早把当初的誓言，锤打成另一副模样了。偶一次，我翻到当年的日记本，上面白纸黑字写着呢，刻骨铭心还在，却像看别人的故事了。笑一笑，轻轻合上，依然塞到抽屉的一角去，让它积尘。那个男孩子的面容，我早已记不起了。

想来，在青春的岁月里，我们曾许下过太多承诺，任它们星星一般的，在青春的天幕上跳跃、闪亮。一腔的热情，只管如花一样，拼命盛放。以为山高着，水长着，地老天荒，我们，永远是不变的那一个。哪里知道，花有期，人会老。

也曾心心念念着要去一些地方：庐山、西双版纳、新疆、印度……每一处，都镶着金光。家里那人答应我，等将来，等我们赚了足够多的钱，我们就背起背包出发，一个月跑一个地方。以前我会为这样的承诺兴奋不已，现在，我不了。人生充满太多的不定数，那个遥远的将来，我能等到吗？退一步吧，纵使我等到了，只怕到那时，老胳膊老腿的，我也早已爬不动山、涉不了河了。

可爱的闺蜜在云南。秋日的一个午后，她路过一家慢递吧。古朴的墙，古朴的门楣，古朴的桌椅，一下子吸引了她。她趴在雕着花的藤桌上，提笔给我写了一封信，边写边乐。投递日期：十五年后。我好奇地问，你在上面写了些什么呢？她神秘一笑，说，到时你就知道了。

天，我得等十五年！十五年？多长啊。花开，花谢，一季，又一季。到那时，于薄凉的秋风里，突然收到一封来自十五年前的信，我不知道，我该用什么心态去承受。欢喜抑或是有的，只是，更多的感觉，应该像做梦。过去再多再好的岁月，也与我无关了。

是的，要相爱，请在当下。当下，你看得见我，我看得见你。你的好，我全部知道，并且，我会沐浴着它的恩泽，愉快地度过这眼下时光。

仲秋小令

　　圆圆的月，升上中天，清辉得有点像，青衫年少的时光。

　　天气凉了。

　　是从一缕风开始凉的。是从一滴露开始凉的。

　　太阳渐渐南移。正午的时候，太阳从南边的窗口，探进屋内来，在一盆绿萝上逗留。绿萝不解风情，它不分季节地兀自绿着。

　　桂花的香气在深处。在一个幽深的庭院里，或是，在一排粗壮高大的银杏树后面。自然的生命，各以各的本事存活。譬如这桂花吧，容貌实在算不得出色，细密密的，碎粉儿似的，极易被人忽略。它许是知道自己的平淡，于是蓄了劲的，另辟路径，把一颗心都染香了，让你想不记住它也难。

　　银杏的叶，偏偏像花朵。一树的叶，远观去，不得了了，像开了一树金黄的花，把半角天空，都染得金黄。它是历经大富大贵的女子，活到七老八十了，还端着骨子里的优雅——纵使转身，亦是华丽的。仲秋的天，因它，平增一份明艳。

人家的扁豆花，这个时候开得最好了。我上班的路上，有户人家，在屋旁长了扁豆。那蓬扁豆很有能耐地，顺着墙根，爬上墙，爬上屋顶，最后，竟一占天下。屋顶上的青瓦看不见了，全被它的枝叶藤蔓，覆盖得严严实实。紫色的小花，一串一串，糖葫芦似的，在屋顶上笑得甜蜜。小屋成了扁豆花的小屋。我路过，忍不住看上一眼。走远了，再掉过头去，补上一眼。那会儿，我总要惊奇于一粒种子的神奇，它当初，不过是一粒小小的种子。

路边梧桐树上的叶，开始掉落。一片，一片，像安静的鸟——秋叶静美。有小女孩在树下捡梧桐叶，捡一片，拿手上端详。再捡一片，拿手上端详。后来，她举着梧桐叶，跳着奔向不远处的她的小母亲。那位年轻的妈妈，正被一个熟人拽住在说话。小女孩叫，妈妈妈妈。年轻的妈妈答应着，赶紧回头，对小女孩俯下身去，一脸的温柔。小女孩举着她捡到的梧桐叶问妈妈，妈妈，这像不像小扇子？

我为之暗暗叫绝。再也找不到比这更可爱的比喻了，满地的梧桐叶，原是满地的小扇子啊。孩子的眼睛里，住着童话。

屋旁的陈奶奶，在一个旧瓷盆里捣鼓。黄昏，在她身上拉上一条一条的金丝银线，她雍容得让我发愣。我问，陈奶奶你做什么呢？她说，种点葱呢。我的眼前，就有了一瓷盆的青葱，嫩得掐得出水来的葱啊。有满盆的葱绿，在秋风里荡漾，又何惧凋落？生命的承接，总是你来我往，无有间断。

月，也就圆了。

圆圆的月，升上中天，清辉得有点像，青衫年少的时光。惹得人对着它，多发了几回呆。夜露重了，回房睡吧。白日里晒过太阳的被子，轻软得像一个梦，我把自己裹进去，舒舒服服地叹上一口气。

夜里，忽然醒来。哪里的蝉，叫声切切，声音叠着声音，好像在说，我要走了，我要走了。告别的场景，竟不是惆怅的，而是热闹的。是一场盛宴后，相约了再见。

有缘的，总会再见的。

种 爱

原来，生命完全可以以另一种方式，重新存活的，就像他种的一院子的花。

认识陈家老四，缘于我婆婆。

婆婆来我家小住，不过才两天，她就跟小区的人，混熟了。我下班回家，陈家老四正站在我家院门口，跟婆婆热络地说着话。看到我，他腼腆地笑一笑，"下班啦？"我礼貌地点点头说："是啊。"他看上去，年龄不比我小。

他走后，我问婆婆："这谁啊？"婆婆说："陈家老四啊。"

陈家老四是家里最小的孩子，父亲过世早，上有两个哥哥，一个姐姐，都已另立门户。他们与他感情一般，与母亲感情也一般，平常不怎么往来。只他和寡母，守着祖上传下的三间平房度日。

也没正式工作，蹬着辆破三轮，上街帮人拉货。婆婆怕跑菜市场，有时会托他带一点蔬菜回。他每次都会准时送过来。看得出，那些蔬菜，已被他重新打理过，整整齐齐干干净净的。婆婆削个水果给他吃，他推托一会儿，接下水果，憨憨地笑。路上再遇到我，他没头没脑说一句："你婆婆是个好人。"

却得了绝症，肝癌。穷，医院是去不得的，只在家里吃点药，等死。精气神儿好的时候，他会撑着出来走走，身旁跟着他的白发老母亲。小区的人，远远望见他，都避开走，生怕他传染了什么。他坐在我家的小院子里，苦笑着说："我这病，不传染的。"我们点头说："是的，不传染的。"他得到安慰似的，长舒一口气，眼睛里，蒙上一层水雾，感激地冲我们笑。

一天，他跑来跟我婆婆说："阿姨，我怕是快死了，我的肝上，积了很多水。"

我婆婆说："别瞎说，你还小呢，有得活呢。"

他笑了，说："阿姨，你别骗我，我知道我活不长的。只是扔下我妈一个人，不知她以后怎么过。"

我们都有些黯然。春天的气息，正在蓬勃。空气中，满布着新生命的奶香，叶在长，花在开。而他，却像秋天树上挂着的一枚叶，一阵风来，眼看着它就要坠下来、坠下来。

我去上班，他在半路上拦下我。那个时候，他已瘦得不成样了，脸色蜡黄蜡黄的。他腼腆地冲我笑，"老师，你可以帮我一个忙么？"我说："当然可以。"他听了很高兴，说他想在小院子里种些花。"你能帮我找些花的种子么？"他用期盼的眼神看着我。见我狐疑地盯着他，他补充道："在家闲着也无聊，想找点事做。"

我跑了一些花店，找到许多花的种子带回来，太阳花，凤仙花，虞美人，喇叭花，一串红……他小心地伸手接着，像对待小小的婴儿，眼睛里，有欢喜的波在荡。

这以后，难得见到他。婆婆说："陈家老四中了邪了，筷子都拿不动的人，却偏要在院子里种花，天天在院子里折腾，哪个劝了也不听。"

我笑笑，我的眼前，浮现出他捧着花的种子的样子。真希望他能像那些花儿一样，生命有个重新开始的机会。

一晃，春天要过去了。某天，大清早的，买菜回来的婆婆，突然哑着声说："陈家老四死了。"

像空谷里一声绝响，让人怅怅的。我买了花圈送去，第一次踏进他家小院，以为定是灰暗与冷清的，却不，一院子的姹紫嫣红迎接了我。那些花，开得热情奔放，仿佛落了一院子的小粉蝶。他白发的老母亲，站在花旁，拉着我的手，含泪带笑地说："这些，都是我家老四种的。"

我一时感动无言，不觉悲哀，只觉美好。原来，生命完全可以以另一种方式，重新存活的，就像他种的一院子的花。而他白发的老母亲，有了花的陪伴，日子亦不会太凄凉。

从　前

　　我们原都是从从前走过来的，慢慢地，又成为从前。

一

　　你肯定也听过这样一个故事：从前有座山，山里有个庙，庙里有个老和尚，给小和尚讲故事，讲的什么呢？讲的是，从前有座山……如此循环往复，无有尽头。要是你不想停下，这个故事，便永远停不下来。

　　白日光长长的，讲故事的人，白发如霜。他盘腿坐在院门前，眯着眼逗我们。他只讲一遍，我们就会了，于是把它当歌谣唱，土路上纷飞的，都是这样的音符：从前有座山，山里有个庙，庙里有个老和尚，给小和尚讲故事……

　　那时只道寻常，山在，庙在，老和尚在，小和尚在，永永远远，都是那般模样。如檐前开得好好的一蓬大丽花，花艳丽得快撑不住颜色了；如门前的大槐树上，蹲着的那个喜鹊窝，一只花喜鹊盘踞在上面唱着歌。

还有，毛小牛的芦笛声，呜呜呜，呜呜呜。只要张开耳朵，就能听到他在吹。

他说，那是远方汽笛的声音。

毛小牛是我的玩伴，头上生许多癞疮，小伙伴们都叫他癞头。他却偏偏生一双巧手，会做芦笛，会用小草编蚱蜢。他走到哪里，芦笛会吹到哪里。

现在再听这个故事，别有一番滋味在心头。岁月，原是由许许多多的从前组成的，山是有从前的，庙是有从前的，老和尚是有从前的，小和尚亦早已成了从前的从前。毛小牛在 25 岁上溺水而亡，彻底地成了，从前的人了。

二

夜是有声音的。

夏夜的声音，尤其丰富。

选一处草地坐下。露珠在轻轻落，偶尔会听到"啪"的一声，那是它不小心，打翻了某片树叶了。虫鸣于周边响起，唧唧，啾啾，吱吱。还有植物们的声音，它们亲昵得很，一直在耳语。紫薇和梧桐，云松和翠竹，绵延在一起，夜色里，分不清谁是谁。

真静。思绪和着夜色，漫过记忆。想起老祖母了，那时她还不算老，真的不算老。她能拎得动几十斤的草篮子，碎步细密；她能把一群调皮的鸡，撵得满院子飞；她能洗一大盆的衣裳，满满晾一绳。

一样的夏夜。祖母手里摇着蒲扇，摇着摇着就停下了。她定定望着某处，喃喃说："从前，你太婆可疼我呢，这样的夏天，她给我煮绿豆汤喝。我的皮肤，白得透亮，出门去，人家都打听，这是谁家的女娃啊，这么漂亮。"

怔一怔，地上的一片月光，随着树影晃了晃，很不真切。暗地想，祖母哪里有从前呢，祖母本来就是祖母的。风吹着虫鸣声，让人心痒。坐不住的，一溜烟跑去玩——祖母的从前，到底与我不相干的。

玩一圈回来，却发现祖母，还独自坐着在发愣，她沉在她的从前里。

而我现在，沉在我的从前里。

我们原都是从从前走过来的，慢慢地，又成为从前。这便是，人生。

三

心血来潮地想去看荷。这念头一经产生，就势不可当。

我所在的小城，也仅限在公园有。一方池子里，植了数十株。一俟夏天，圆润碧绿的荷叶，铺满整个池子。数枝荷，婷婷于绿叶之上，有含苞的，有已然绽放的。这是一种清清爽爽的美，不芜杂，不喧闹，正如乐府诗《青阳渡》中所描写："青荷盖绿水，芙蓉披红鲜。下有并根藕，上有并头莲。"

再去公园，却没看到荷，原先的几十株，不知去了哪里，一池的水在寂寞。问及，人都摇头说不知。我把公园里有水的地方都寻遍，也未寻到。

有人提议，隔壁的水乡应该有。于是马不停蹄赶了去，一去百十里，只为看荷。

果真有，路边，荷成亩成亩地长。花却开过了，莲蓬已成形。雨忽然来，大而狂，无法下车细看，只隔着一扇车窗，与它对望。雨雾起，它望不真切我，我望不真切它。但知道，都在呢，心安了。

想起白衣年代，青春无敌，那人举一枝荷，说送我。送就送呗，乡下的池塘里，那么多的荷，实在算不得什么。随手接过来，后来是丢了，还是用清水养了，不记得了。

却在经年之后，追着寻着去看荷。人有时，寻找的，不过是记忆里的从前。当年不曾以为意的，日后却念念不忘，只是因为啊，从前的青春年少，我们再也回不去了。

四

在老家，遇到一乡亲。

乡亲很老了，背驼腰弓，我叫不出他的名字。我以前应该叫得出他的名字的。

他笑微微看我，说："你小时候很聪明的，五个小孩数竹竿，就你数得最快。"

数竹竿？这个细节，我是彻底忘了的。

从前的痕迹，以为风吹云散，却不料，一点两点的，不是存活在那个人那里，就是存活在这个人这里。只要轻轻一拨拉，它就哗啦啦奔涌出来，如涨潮的水。你突然想起村东头的瞎眼老太，用断指绕线；你突然想起一个叫红旗的光棍汉，一边插秧一边唱：我爷爷是个老红军；拖着鼻涕的少年玩伴，一个一个出来了；你甚至想起邻家的那只花母鸡，还有黑狗。

所有的记忆，此时汇聚到一个地方，那个地方，是从前。从前的人，从前的事，从前的碧空蓝天，有人叫它，灵魂的故乡。

冬天的树

　　别再去问活着的意义，一生的所经所历，便是答案。

　　在冬天，我常常不由自主地会为一棵树停下脚步，一棵掉光叶的树。

　　那棵树，或许是棵银杏。或许是棵刺槐。或许是棵苦楝树。或许是棵桑。它们一律的面容安详，简洁清爽，不卑不亢，不瞒不藏，坦露出它们的所有。没有了葱郁，没有了喧哗，没有了繁花灼灼、果实丰登。可是，却端然庄严得叫你生了敬畏和敬重。

　　偶尔的鸟雀，会停歇在它裸露的枝条上，把那当作椅子、凳子，坐上面梳理毛发、晒晒太阳。它也总是慈祥地接纳。

　　风霜来，它接纳。

　　雨雪来，它接纳。

　　岁月再多的涛光波影，也难得撼动它了。它在光阴里，端坐。鼻对口,眼对心,如"打禅七"的禅僧。

智利诗人聂鲁达说,当华美的叶片落尽,生命的脉络才历历可见。一棵冬天的树,很好地诠释了这句诗。

它让我总是想到那次偶遇:

是在南国小镇。年老的阿婆,发髻整齐,穿着香云纱的衫裤,端坐在弄堂口。风吹过去,吹得她的衫裤沙沙作响。人走过去,花红柳绿地摇曳生姿。她只端坐不动,与世界安然相对,榆树皮似的脸上,不见喜悲。

年轻时的故事,却是百转千回层层叠叠。家穷,兄妹多。那年,她不过才十一二岁,就南下南洋打工。所得薪金,悉数寄往家里。一段日子的苦撑苦熬,兄妹们终于长大成人。她从南洋返回后,自梳头发,成了一个立誓终身不嫁的自梳女。

那个年代,女性的地位低下卑微。走出家门的女性,独立意识开始苏醒,不甘心嫁到婆家,受虐待受欺侮。于是,她们像已婚妇女那样,在乡党的见证下,自行盘起头发,以示独守终身,这就成了自梳女。做了自梳女的女子,若中途变节,是要受到重罚的。轻则会遭到酷刑毒打,重则会被装入猪笼投河溺死。死后,其父母还不得为其收尸葬殓。

可是,爱情的到来,犹如春芽要钻出土来,四月的枝头花要绽放,哪里压得住!她爱了。

被吊打,被火烙,还差点被沉了河,她依然矢志不渝,只愿和心爱的人能生相随、死相伴。

她最终被乡党逐出家园。爱的那个人，却始乱终弃。她当时已怀有身孕，一个人流落他乡，养蚕种桑，独自把孩子抚养长大。

她拥有一手传统的好手艺，织得香云纱。九十多岁了，自己身上的衣，还是自己亲手织布、亲手漂染、亲手缝制。

人把她的一生当传奇，对她的往昔追问不休。她只淡淡笑着，不言不语，风云不惊。

是啊，还有什么可惊的呢！就像一棵冬天的树，已历经春的萌动、夏的繁茂、秋的斑斓，生命的脉络，已然描摹清晰。别再去问活着的意义，一生的所经所历，便是答案。

这个冬天，我陪朋友逛我们的小城泰山寺。寺庙跟前，我看到一棵苦楝树，撑着一树线条般的枝枝丫丫，斑驳着日影天光。如一尊佛，练达清朗。我们一时仰望无语。且住，且住，这岁月的根深流长。

人间岁月，各自喜悦

　　喧闹远去，唯留宁静。我以为，这样的宁静，更接近生命的本质。

　　一月，我去北京开会。相遇到北京第一场雪，小，米粉似的，薄薄敷了一层在地上。晚上，我踩着这样的薄雪，一个人逛北京城。在街头遇到卖烤山芋的，让我恍惚半天，以为是在我的小城。我买一只，焐着手，站在风里跟烤山芋的老人说话。老人是河北的，来北京十多年了。老伴也来了。儿子也来了。我问，北京好，还是老家好？老人望了我笑，说，老家当然好啊。不过这里也好的，一家人都在这里，过了一会儿，他又说道。我微笑起来，一家人在一起，再艰辛的岁月，也是温暖的。

　　二月，我在家养病。时光奢侈得不像话了，我可以长时间打量一株植物，譬如，花架上的水仙。我看着它抽叶，看着它打花苞苞，看着它盛开，捧出一颗鹅黄的、香喷喷的心。"仙风道骨今谁有？淡扫蛾眉篸一枝"，我喜欢这两句。水仙配了美人，再恰当不过了。

还有桌上的风信子，一团雪白，一团淡紫。我盯着它们看，觉得热闹。花开如同市井，也各有各的欢腾喜悦。

三月，我的身体渐渐康复。蛰居多日，我出门去，有点像春天破土而出的虫，望见什么都是新奇的。我走过一座桥，被河里的阳光牵住了脚步。我就从没见过那么好看的阳光，它们在水面上跳着舞，群舞。白衣白裙上，缀满银珠儿。跳得满世界都开了花。桥那头的街道边，烧饼炉子还在那里。摊烧饼的女人，把一把把做馅用的嫩葱晾在匾子里。那会儿空闲着，她站在那里望街，围裙上沾着白面粉。阔别很久，这个尘世还是一如既往的活色生香，让人心安。

四月，我跑去看山看水。水是溪口的剡溪。水清得像孩子眼里的晶莹，我恨不得下去捧了喝。当地人却不在意，弯腰在河里洗涮，不惊不乍，从容自得，惹得我频频回头看。山叫雁荡山，有东南第一山的美誉。白天看。晚上看。任凭你想象去吧，像鸟、像鹰、像虎、像骆驼、像睡美人、像牧童。山只不语，以它的姿势，俯瞰众生，千年万年。

我还跑去洛阳看牡丹。繁华已过，只留余韵。人都替我遗憾，花都谢了呀，你来晚了呀。我倒不觉得可惜，仍是一个园一个园兴味十足地看过去，绿叶铺陈，偶见牡丹花一朵两朵，也都是开尽了的模样。喧闹远去，唯留宁静。我以为，这样的宁静，更接近生命的本质。大浪淘尽，岁月安稳。

六月，我驱车百十里去看荷。邻县乡下，大大小小的水塘里，全是荷。白的面若凝脂，红的红粉乱扑。每年，我都不曾错过它的华丽出演。我想，人生要的就是不辜负，不辜负这双眼睛，不辜负这一塘一塘的荷，不辜负这当下的好时光。

八月，我一路向西，去往向往中的西藏。在西藏，我遇到不少叩长头进藏的藏民，他们风餐露宿，一路艰辛，只为拜见心中的佛。大太阳下，他们风尘仆仆，脸上却无一例外的，有着让人敬畏的坦然和从容。信仰让人强大，这是西藏教给我的。

十月，我领着家里两个老人，在西子湖畔住了几天。满街飘着桂花香，满湖飘着桂花香，我总忍不住张嘴对着空气咬上一口，再一口。夜晚，我独自去钱塘江畔漫步。看一星点的航标，在黑里闪。江水一会儿湍急，一会儿舒缓。这岸笑语喧哗，对岸灯火辉煌。尘世万千，各自欢喜。

十一月，我去了崇明岛。江中小岛，四野苍翠。原是江边人家打鱼歇脚之处，后却繁衍出一个一个的集镇。我在一个叫城桥的小镇住下，听一夜风吹雨打，江水咆哮，担心着岛会沉没。早起，却风平浪静，卖崇明糕和毛脚蟹的当地人，提篮推车鱼贯而出。岛上渐渐盛满热闹繁华。我穿行在那样的热闹繁华里，体味着活着的美好。

当岁末临近，我安安静静等着，等着旧年翻过去，新年走过来。凡尘俗世里，我一直是一粒认真行走的尘，无所遗憾，内心安稳。